U0147447

Master Photographer's Practical Skill

理解数码摄影

——大师杰作的拍摄技巧

[美]布赖恩·彼得森/著 黄 洁 沙景河/译 湖南美术出版社

Understanding Digital Photography

图书在版编目（CIP）数据

理解数码摄影：大师杰作的拍摄技巧/（美）彼得森著；黄洁，沙景和译.
—长沙：湖南美术出版社，2009.6

ISBN 978-7-5356-3252-4

Ⅰ.理… Ⅱ.①彼… ②黄… 沙… Ⅲ.数字照相机－摄影技术－英文
Ⅳ.TB86 J41

中国版本图书馆CIP数据核字（2009）第095957号

UNDERSTANDING DIGITAL PHOTOGRAPHY
by Bryan Peterson
Text and illustrations copyrights © 2005 by Bryan Peterson
Published by arrangement with Watson-Guptill Publications
Simplified Chinese translation copyright © 2009 by Hunan
Fine Arts Publishing House
ALL RIGHTS RESERVED

理解数码摄影

作　　　者：[美]布赖恩·彼得森
翻　　　译：黄　洁　沙景河
责任编辑：陈　刚
责任校对：伍　兰
出版发行：湖南美术出版社
　　　　　（长沙市东二环一段622号）
经　　销：湖南省新华书店
制　　作：零点文化
印　　刷：恒美印务（广州）有限公司
　　　　　（广州市南沙经济技术开发区环市大道南路334号）
开　　本：889×1194　1/16
印　　张：10
字　　数：8万
版　　次：2009年10月第1版
　　　　　2009年10月第1次印刷
书　　号：ISBN 978-7-5356-3252-4
定　　价：58.00元

谨以此书献给索菲——
我的小女儿，一个小摄影迷。
你对生活的热情总是那么有感染力。
你是值得我珍爱终生的礼物！

目录

引言

谁又能确切地知道，有朝一日摄影史会不会成为美国名人智力竞答节目"Jeopardy"的一类题目？这又是怎样的一部历史啊！它起源于1837年的达盖尔银版照相制版法。在我的想象里，"Jeopardy"节目里的这一段有点像是这样的：

"阿历克斯，我要奖金为200美元的摄影史问题。"

"这是第一张'固定'摄影图片。"

"什么是达盖尔银版制版法？"

不过回到现实中，尽管按照今天的标准达盖尔银版制版法曝光时间太长了（将近30分钟），但是它确实是第一张不会消退的"固定"照片。这是摄影史上一个真正的里程碑，毫无疑问，世界从此改变。每个人不用出家门就能"旅游"到其他地方，看到一些事情。虽然按照今天的标准听起来好像很漫长，但确实是直到47年后的1884年，乔治·伊斯曼才发明了柔韧的纸基照相用胶片，再过4年，1888年伊斯曼才为他的柯达胶卷相机申请了专利。

不过现在要说一说汉尼巴尔·古德温牧师了。他于一年后的1889年发明了赛璐珞摄影用胶卷。他的发明真是太好了，连乔治·伊斯曼也开始制造赛璐珞胶卷。不过伊斯曼不久就被古德温起诉侵犯专利，陷入了一场官司。这场官司从1902年一直打到1912年才了结！

一旦赢得官司，牧师就准备投入到胶卷生意中去。而恰在此时，很明显，他却死于一个建筑工地旁的"街头事故"。要不是他过早去世，我们中的许多人可能会在这样的广告语中长大："拍动人照片，要用好胶卷——古德温胶卷，就是它！"

仅仅两年以后（1914年），第一部35毫米相机就面世了，但第一卷柯达幻灯反转片的出现却是21年以后（1935年）。再过6年（1941年），彩色胶卷问世。此时正赶上第二次世界大战，但冲印彩色照片的费用仍然超过了报纸和许多杂志

的承受能力，这解释了为什么我们所看到的当时的照片仍然是黑白的。

战后不久，宝丽莱公司于1947年发明了第一架黑白即时成像相机。随着战争的结束，男朋友娶了女朋友，丈夫与妻子重逢。这是一个喜庆的时刻，我相信这种新型即时成像相机的直接性获得了许多夫妇的青睐。尽管其图像质量并非最佳，颜色也仅仅是黑白而已，而且随着时间的流逝图像也会褪色，但它重在娱乐，也符合那些等不及冲洗照片的客户的要求。

1970年，第一架真正的彩色即时成像相机上市了，这就是宝丽莱公司的SX-70。不要慌乱，也不要大惊小怪，只要按一个键，彩色照片就跳出来了——只需一两分钟，你就可以看到自己的照片了，而且这张照片还是永久性的！这是到此为止即时成像相机最好的一点。但直到1990年，经过多年研究，柯达公司才开发出第一个照片存储CD。不久，准确地说是1991年，柯达公司与尼康公司联手利用尼康F-3机身和130万像素传感器开发出了第一款数码相机。

到2005年，摄影术或许比历史上任何时期都引人注目，也更有魅力。当然，这主要是由于数码摄影世界在不断变化——有时也因此令人困惑。如此一个小小的屏幕（液晶屏）从来没有像现在这样牵动着人们的情感。一按下快门，人们就马上聚集到数码相机的后面看结果，快乐或失望的叫声立即充斥在空气中，因为数码相机恪守立即满足需要的诺言，即便这种承诺中也包括不那么令人满意的证据，即使哪个地方非常不对劲！

如果世界上所有拥有数码相机的人都有什么流行的真心话可以站在屋顶上大声喊出来，那就是："我再也不用买胶卷了！我可以不停地拍、拍、拍，犯成千上万的错误，再也不用担心胶卷费用过高了——因此我爱数码相机！"那么，我们熟知的传统摄影是否就寿终正寝了呢？按照工业观察家的看法，似乎还没有一致的意见，至少对那些钟爱富士和柯达胶卷的人而言是这样。胶卷摄影师（现在已经成为"纯粹主义者"）与完全放弃胶卷改用数码相机的人之间的"比赛"才刚刚开始。我能理解纯粹主义者的想法，我自己也曾经是个纯粹主义者。尽管比赛才刚刚开始，但数码摄影已经给裁判和场边的"粉丝"们留下

了深刻的印象。数码摄影对纯粹主义者来说，确实是一个可怕的对手。我个人相信，数码摄影终有一天将打出制胜的一招。

那是一年多以前，《大众摄影》杂志约我代表胶卷摄影者参加一个"比武"，比武的名称很简单，叫"胶卷对数码"。作为一个胶卷纯粹主义者，我很高兴参加这样一个活动，迫不及待地就开始了辩论。我要与《大众摄影》的数码主编迈克·迈克纳马拉针锋相对，读者会自己判断谁是"赢家"。以读者的邮件为依据，可以说这一回打了个平手。然而就在这次辩论后，我却发现自己在与不使用数码相机的"正当"理由作斗争。不久我就把数码摄影作为一种真实可行的方式接受了，迈克·迈克纳马拉的敲打对我产生了持久的影响。

在过去的6个月里，我从事的完全是数码摄影，我对胶卷的使用非常有限——我想强调有限，我的冰箱里还存放着220多个E-100VS胶卷。除了偶尔有客户需要数码和胶卷两种照片，或者偶尔有时候曝光时间需要超过15秒时我用胶卷外，现在我已经完全成了数码摄影家！

与许多经验丰富的职业摄影家一样，我在许多方面要从头学起。这是一项艰苦的工作，因为有太多的东西要学。但这种学习唤起了我早年第一次拿起相机的那种记忆。当时，每一天都是奇迹、惊奇和挑战，现在孩童时的这种感觉又回来了。对于那些最新文章怎么也读不够，迫不及待地要试这试那。借用一句老掉牙的话："我就像一个进了糖果店的孩子！"

不过父母们都知道，孩子们还需要小心一些。数码摄影到来的速度之快，即使著名赛车手杰夫·戈尔登也要小心。本周的热点话题很快就被另一个可以做得更快、更有效率的话题取代了。我要是在书里写上许多在今天看来所谓的"热门"话题可能很蠢，许多这类"热点"话题在此书出版之前就会像恐龙一样消失。如果你指望获得一些关于什么是"热点"或什么是"非热点"之类的建议，就买最新出版的数码摄影杂志，因为你在这本书里是找不到这种内容的。

不过，尽管数码技术发展迅速，但在摄影界仍有两条不变的法则。我怀疑这两条法则是否真的发生过变化，至少在我的有生之年没有发生过。几乎从一开始，99%的成功作品都依赖于摄

影者的如下知识、技巧和天分：（1）创造性地设定正确曝光；（2）创造平衡感强、引人注目的构图。这两条法则既适用于使用胶卷摄影，也适用于数码摄影。

要获得正确曝光，再没有比用现在的数码相机更容易的了。但是正确曝光和创造性正确曝光之间仍然存在着巨大的区别。本书会告诉你两者之间的区别，但我想强调这不是一本完全讲曝光的书（我曾写过有关曝光的书——连同它的修订版，事实上是两次，书名叫《理解曝光》）。此书将帮助你"看到"和学会如何避免很多数码摄影师面临的最常见的问题。如今数码照片中出现的最大问题，也是传统胶卷照片中出现的最大问题，就是无效构图。

构图失败的主要原因是，人们不去注意取景器里到底发生了什么。如果用胶卷相机的时候你不去注意取景器里出现的情况，你真的以为用数码相机时你就会做得更好？有些摄影师显然确实是这么想的，因为他们使用数码摄影的主要原因是因为有了液晶显示屏。就像我的一个学生最近跟我说的那样："我喜欢我的新数码相机。我一

犯错误，就能在相机的显示屏上看到，然后有可能我就会立即改正它，要是不能马上改正，我后面还可以用Photoshop来做。"

这正是我在讨论的问题。那个比相机取景器更具表现力的小巧玲珑的液晶屏到底是做什么用的？我的一个学生告诉我她非常喜欢数码相机，因为它的显示屏是彩色的！"因为它是彩色的？"我带着不相信的神情问她。"那么你透过数码相机的取景器看到的是不是黑白的？"后来我真看到了她说的那种情况：显示屏让照片看起来像真的——它把照片变得可信，把照片变活了。是不是听起来有点熟悉？

贯穿本书的主线之一是：那些影响照片成功的因素，不是我们所看到的，而是我们没看到的。本书将用一种新鲜而又令人兴奋的方式，教你如何避免许多摄影者不小心就会掉进去的常见的视觉陷阱。

当然，我很熟悉大家热情重复的一句话："我会用Photoshop修正它。"在我的网上摄影课程里，开始的几周我会毫不留情地要求大家放弃这一想法。不过令我高兴的是，到第7或第8周的

时候，我几乎听不到这句话了。

在这里也请不要误解我的话。我完全支持对Photoshop的热情。我对这一软件的喜爱不亚于任何人，我也发现它是一个令人称奇的工具。但对于许多摄影者来说，Photoshop就像一个汽车车身修理铺，摄影者把他们没拍好或者完全不成样子的照片拿来修理。为什么把损坏的东西拿到Photoshop里来修理？不错，Photoshop可以解决许多问题，但如果没有你的创造性投入，你的相机或者Photoshop软件也帮不了你的大忙。大多数照片照坏不是因为别的，而是缺少对取景器内所看到情况的关注。

在相机里纠正这一问题要快得多。因此，本书提供了大量如何在相机里就把照片拍好的例子，这样当你把这样的照片放到Photoshop里的时候，同样是这些照片，你却可以把它们提高到

一个新水平——利用Photoshop，可以把照片水平不断提高。但是由于我坚信照片应该在相机内拍好，你会发现当提到利用Photoshop"工具"时，我会提出无数的"必须"和"禁止"。例如，在Photoshop中我们可以把一个杂乱的背景变模糊，但这至少需要20分钟的时间。如果你知道如何在相机内用1/125秒做好，你怎么还会想再用Photoshop做这件事呢？

我还在书中写了许多让你激动的点子。你会看到，你不用走远就能创造出生动的画面，在你自己家里，在你家门口的街上，都可以找到丰富的摄影题材。你去试一下，肯定不会有什么损失。记住，数码"胶片"是免费的（只需几张记忆卡）！数码相机不仅是拍摄生动照片的工具，而且由于它能够通过液晶屏立即给出反馈，因此在很多情况下，它也是一个老师！

那些数码的"玩艺儿"

什么是像素

有一天我问我的小女儿一个可能比较傻的问题，但我非常想知道她会怎么回答。

"要是你有一个名叫'像素'的洋娃娃，你觉得它会比其他娃娃大还是小呢？"

她只想了几秒钟就回答说："一定比其他洋娃娃小。但是谁给洋娃娃起名叫像素呢？"

"没有，还没有。"我回答说，"它是我数码相机里面非常非常小的传感器的名字，它们负责组成去年一年里我给你照的那些照片。"

"是吧，又怎么样呢？"她说着到卧室里看DVD去了。

她不知道，她要看的那些电影也是因为有了像素才得以拍成。在一个社会很快进入数字化时代的时候，任何数字化的东西——从数码相机到iPod，再到DVD和CD——都离不开像素。像素像一个"大家庭"，从摄影学的角度讲，是所有被记录图像的核心。从本质上说，像素就是信息收集员，对所拍摄的每一幅图像负责。

像素"住"在名为"图像传感器"的房子里。你按下相机快门的时候，光线进入镜头，像素一家就开始工作，从那束光线里收集信息。不要一秒钟，一张照片就记录下来了。再过一两秒钟，像素一家就把这些信息送进记忆卡（存储设备），让你能够从相机的液晶显示屏上感受到看照片的快乐。

每一架数码相机里都住着一家像素为相机工作，但并非每个像素家庭成员都一样多。有些相机的像素家庭成员有300多万个，而有些相机的像素家庭成员有500万个，还有的有600万、700万、800万个，到现在为止，最多的有1200万到1600多万个。在谈到像素的时候，数量大小确实重要。一句话，你会明白为什么在一分钟内，像素越多，得到的快乐就越多。

每个像素都是一个极小的方块或六边形，依制造商的不同而定，而且每个像素在家中（再说一次，就是图像传感器）都有一个事先定好的"座位"。每个小方块只对照射到它那里的极小的一部分光线作出反应，像一个大家庭一样，所有的像素——同时——对这些光波进行一次复杂的数学计算，再由图像处理器把这些光线转变成一幅图像。严格地说，在单个像素的层次上，每个像素并不能记录一幅你我都能够认得出来的图像，就像我们看到的照片那样。相反，像素家庭依靠每个家庭成员去做分配好的任务，然后全家共同将完成的产品交给图像处理器。

关于像素的另一个想法：如果你我各有一张网，我的网眼为半英寸（1.27厘米）大，而你的网眼为3英寸（7.62厘米）大，我们都把网撒到海里，无论大小，谁捕到的鱼更多？很明显我捕到的更多。用摄影的术语，我们可以把想捕的"鱼"理解为颜色、对比度和清晰度，显而易见，谁的家庭成员多，谁捕到的鱼就多。不论是用JPEG格式、TIFF格式还是raw(无损压缩)格式拍照，800万像素获得的清晰度、对比度和颜色要比400万像素好得多。

像素就是信息收集员，对所拍摄的每一幅图像负责。

两张照片，总体颜色和质量差别多大呀！一张（17页上图）是用320万像素的相机拍的，而另一张（17页下图）是用800万像素的相机拍的。注意二者在颜色、清晰度和对比度方面的差别。很明显，像素越高，获得的细节就越多。

【两张照片：50毫米焦距镜头，ISO 100，光圈f/16，快门1/125秒】

数码照片的三种格式

数码成像为你提供了将照片处理成三种格式，即电子文件类型的选择。你所选择的格式将不仅会影响到照片细节、清晰度、对比度、颜色等直接结果，还会影响其长期的稳定。

上面所说的格式是指：JPEG（联合图像专家组格式）、TIFF（标签图像文件格式）和raw（原始图像数据格式，它不是一个缩写）。这三种格式都有着特定的文件大小，也就是说处理过的照片是多少兆字节，例如1.4兆或5.7兆或者17兆字节。理解这一点很重要。

因此，在拍了一张数码照片之后，例如，用600万像素的相机为你儿子拍照，照片的信息传给了相机的图像处理器，它就被处理成一个JPEG或者TIFF文件，要是你选择raw格式，图像传感器就根本不会处理它，而是把它放进一个缓存区等待以后处理。（到写这本书时，很多品牌的相机仍提供上面提到的三种文件格式，但佳能最近宣布他们将放弃TIFF格式，因为他们发现大多数单镜头反光照相机（DSLR）用户只选择JPEG或raw格式。因此如果你发现尼康、美能达、潘太克斯不久也照此办理，就不必感到惊奇了。）

还有一点也很重要，那就是三种格式的不同决定了各自形成的文件大小不同。JPEG是小文件，raw格式为中等，TIFF是大文件。

一张记忆卡能存储的照片数量，根据你所拥有的相机而不同。不过一般来说，你可以在一张卡里存储的JPEG文件的数量是raw格式文件的3～4倍，是TIFF格式文件的7～8倍。例如，如果一部600万像素的相机装了一张1G的记忆卡，你就可以拍摄424张JPEG高精度照片，或者124张raw格式照片，或者59张TIFF格式的照片。

JPEG格式：有损还是恶心

> ### 关于JPEG的提示
>
> **只**有JPEG格式提供三种"外观"：JPEG精细(fine)型、JPEG普通(normal)型和JPEG基本型(basic)。大多数相机默认的拍摄格式为JPEG精细型，因为这是JPEG可能达到的最高品质。既然JPEG生成的图像文件最小，它是许多摄影师喜欢的格式，因为每张图片占用的记忆卡的空间很少(见20页)。每张图片占用的记忆卡空间少意味着每张记忆卡可以存储更多的图片，对于许多摄影师来说，采用JPEG精细格式，就是因为这个原因。

就像我在方框里提到的那样，由于文件格式更小，许多摄影师喜欢用JPEG FINE格式。然而许多摄影师没有意识到这一点：JPEG文件又被称为有损压缩（lossy）文件，或者像我喜欢说的那样，叫恶心（lousy）文件。就像我亲眼看到的那样，把JPEG说成是恶心文件捅了不止一个马蜂窝。但听我把话说完，你再自己决定JPEG到底是一个恶心文件还是一个好的选择。

"有损"是个科学术语，由"失去"一词变化而来。它指的是随着时间的推移，JPEG文件无法保留和保持原始数据（实际图像）。你每次在电脑上打开和关闭一个JPEG文件，由于数据丢失，文件质量就下降一次。最终由于反复打开与关闭，导致该文件毫无用处。实际上，JPEG文件无法记住它是谁，它在哪里，它如何到这里以及它将到哪里去。

由于这个原因，每个相机的使用手册，每本数码摄影书，以及每本数码摄影杂志都在推荐我要推荐的一件事：如果你坚持用JPEG格式拍照，如果你非常关心所拍照片的"寿命"，那么在你精心选择了以哪种JPEG格式保存之后，必须利用图像处理软件把每张照片再存成TIFF格式的文件。

尽管有了把JPEG格式转换成TIFF格式这种解决办法，使用JPEG格式摄影还是有很多的坏因素要考虑。简单地说，由于一个被称为压缩的过程，JPEG图像就像通过调幅收音机听你最喜欢的摇滚、说唱歌曲或乡村音乐，JPEG格式没有捕捉到一个场景中颜色和对比度的每个微小细节，而是取了一条捷径，把"相像"的颜色和对比度取了一个平均值，然后把这些数据像海绵一样挤压在一起——或者叫压缩——这样把它变成了一个小文件。就像调幅收音机会失去高音部的许多高音和低音部的许多低音一样，JPEG图像格式失去了色谱中的许多微妙的颜色。

即便你把JPEG格式存成了TIFF格式，你要永久存放的也是一个仍然失掉了一些"高音"和"低音"的文件。好吧，现在这就是一个TIFF文件，你把它放进立体声音响里"听"它。但它"听"起来仍像用很差劲的音响在播放。

就我本人而言，只有当我打算通过因特网与我的家人和朋友分享照片时，我才会把.jpg作为图像文件的扩展名。

TIFF

尽管TIFF是标签图像文件格式的首字母缩写，但我认为TIFF的意思是：这是永远的最终图像（This Is Final Forever）！TIFF格式是永久的保护性封存！一旦使用TIFF格式，永远都将是TIFF格式——无论你把文件打开多少次，无论你复制多少个副本，也无论你在Photoshop里面对它做多少次替换，它始终是TIFF文件。与JPEG文件的有损格式不同，TIFF文件会捕捉到一个场面中的每个细节和颜色，其记忆力有如一头大象：它从不会降低质量或者丢失数据。

毫不奇怪，TIFF格式也会产生最大的文件，也如一头大象。相机的型号决定着文件的大小，不过这种文件应该在17～60兆之间。都是这么大的文件，你那512兆的记忆卡立刻就会被存满了。

但是，你摄影时所关心的不应该是文件大小，也不要因此避免使用TIFF格式，因为还有

一个更重要的原因——永久性。记住，对我来说TIFF是"这是永远的最终图像"的缩写，强调的是永远。一旦你把图像拍摄成TIFF格式，你不在Photoshop上花费一定时间，就无法从本质上改变它的曝光——这还是假设你想修改的"照坏的"曝光只是有一点不合适，也就是说，高光区有点亮，或者阴影区有点暗。

而且，所有的数码图像都是按白平衡的原则（见26页）曝光的，TIFF格式跟JPEG格式一样，一旦照片记录下来，你不在Photoshop中花费多余的时间来进行必要的颜色修正，就无法改变白平衡。

那么，如果想拍摄文件字节相对较小，又能获得所有细节而没有数据损失的照片，该怎么办呢？而且，是不是有一种办法，可以在照片拿去洗印之前只要按一个键就可以纠正"拍坏"的曝光或白平衡？有，这就是raw格式。

Raw格式

暂时假设现在是1990年，你在公园里用胶卷相机为家人拍照。你刚刚拍完一卷新型36张彩色反转片。在拿去冲洗之前，你可以把胶卷从相机中取出来，再把胶片从胶卷盒里抽出来，并在日光下把它展开看看效果。经过仔细检查，你注意到36张照片当中有11张的曝光值差了1～2挡。又看了一遍，现在你知道还有另外3张，如果拍成黑白照片会更好。

没问题。你只需用一支特殊的胶卷专用记号笔，在每个曝光不正确的照片上打个"×"，在

小贴士   **用16位模式处理raw格式文件**

我们大多数人会在后期处理时对raw格式文件进行修改——也许修改之处很微小。在处理raw格式文件时，必须是在16位模式下。在8位模式下，每个通道（红、绿、蓝）中只有256个灰度级（或被称为色调）。在16位模式下，每个通道里就有了65 000个灰度级（色调），而且在Photoshop CS内，你还可以在16位模式下在利用图层的同时进行图像修改。当然，在使用滤镜菜单时另当别论。在调用滤镜调色板之前，你必须转换成8位模式。转换成8位模式只是一瞬间的事：点开"图像"下拉菜单，选择"模式"，选中"8位/通道"。

跟你试图获得最大限度的颜色一样，如果你把显示器的色彩空间设置为sRGB，那么你对raw图像文件所做的处理就没有任何意义了。编写Photoshop的人仍然把sRGB设置为默认色彩空间，这种色彩空间是为"网络色彩"设计的，是"颜色并不那么重要"的另一种表达方式。但颜色确实很重要，特别是在处理raw格式文件时。因此如果你尚未进行处理，那么按下"shift+Command+K"（在苹果机上）或者按下"Shift+Control+K"（在个人电脑上），调出色彩设置对话框。单击"工作区"，选择"Adobe RGB 1998"。除非有比它更好更新的色彩空间（将来很可能会出现），否则不要改变这一设置。

另外3张照片上标上"黑白"，再把胶卷装进胶卷盒就行了。第二天，你把胶卷交给冲印室，告诉他们你做的记号。下班后当你取回胶卷的时候，肯定每张照片都跟你希望的一样。如果你相信这个故事，正像俗话说的，我就还可以卖座桥给你（意思是你就太天真了——译者注）。如果你用胶卷摄影，就会知道这当然不是真的，也不会是真的。但如果你用数码摄影，而且用的是raw格式，那么这个故事就成真了！

我在前面说过，raw这个词不是任何词的缩写。但既然不造出一个自己的缩写我就明显不舒服，我也就想出来一个——raw格式就是：确实迷人的格式（Really Amazing Work）。如果你的照片追求最好的曝光、最好的颜色和最好的对比度，那么raw格式就是为你准备的。

使用raw格式，你能把照片的曝光值前后改变2挡，使之更亮或更暗。使用raw格式，你还能改变照片的白平衡、色温，利用某种编辑软件，你甚至可以将彩色照片转换成黑白或深褐色照片，

你做这些修改时图像仍保持raw状态。在你对照片进行了轻微（或较大）修改之后，可以选择"另存为"命令，并选择TIFF作为文件类型，然后将这些修改永久性地保存起来。而且，由于你选用的是"另存为"命令，原始的图像文件保持不变。

所以总结一下，我觉得既然你们大部分人都喜欢用JPEG或raw格式摄影，你们就要这样来理解二者的区别：JPEG格式是已经做好的肉馅糕，它含有各种基本的成分，你只需回到家把它放进烤炉，45分钟后就可以平静地吃一顿相当好的大餐。而另一方面，raw格式只是让你支配的生肉和各种必需的成分和调料。你怎么处理生肉，你想加什么，不想加什么，完全由你决定。你就是厨师，即使你的烹调知识有限，但你能够学习烹调技巧，不久你就能为你的家人和朋友做上难忘的一顿饭。

数码"胶卷"：记忆卡

设想你走进了拉斯维加斯的一家赌场，买了100美元的预付款赌卡。你就可以自由地走向任何一台老虎机，插上卡就可以在这台机器上至少玩125次。我说是至少，因为这是一张魔卡，能让你抹掉任何一次没有回报的转动，并保证你还能再转一次。等一下，还有更好的。你用这张卡玩了125次以后，赌场的电脑会下载你所有的成功记录，转眼之间，这张卡又还给了你，你还可以免费再玩125次！欢迎来到数码"胶卷"的世界！

我们都知道，胶卷已经不再是问题。长久以来让人痛心的问题——胶卷太贵、冲洗胶卷要等——现在已经成了历史。数码摄影师只需购买"一卷胶卷"，这就够了！这"一卷胶卷"是什么？一张记忆卡。记忆卡就是在你拍照后存储照片的数字介质。

拿一个1GB的记忆卡和600万像素相机为例。用JPEG精细格式拍摄，这卷"胶卷"可以存储428张照片，用raw格式可以存储130张，用TIFF格式可以存储54张。正如那张预付款老虎机赌博卡，记忆卡可以不断地刷新（也就是重复使用）。再等一下，还有更好的消息。同一张卡还可以记录用不同的感光度值拍摄的照片，依据相机的不同，你可以用ISO 125拍几张，其余的用ISO 200或ISO 400再拍，还可以用ISO 1000也拍一些。要是一卷35毫米胶卷，你试试看。

小贴士　记忆卡与写入速度

在决定哪个牌子的记忆卡最好时，考虑一下写入速度。写入速度越快，相机的图像处理器处理照片（写入数据）的时间越短，将照片送到液晶屏上供你审查的速度就越快。

大多数记忆卡的数据传输速度规则使用CD-ROM的规则——数据传输速度的1×等于每秒150千字节（kB）。因此，一个写入速度为80×的记忆卡要比写入速度为40×的记忆卡快——当然，你要为速度多花费一点。注意：其他条件都相同的情况下，相机处理器的速度同样重要，你的处理器必须能以记忆卡上标明的速度写入；如果处理器达不到记忆卡上标明的写入速度，买这么快的记忆卡就没有什么意义了。

的朋友、同事和所有学生会证明，我讨厌相机上的内置闪光灯。我不仅讨厌这种光线的人造痕迹，更可恨的是，我完全不知道如何才能让这种光用起来前后一致。我能用巨型摄影用闪光灯照亮一座工厂，也可以用这种闪光灯照亮模特进行时装摄影，但我宁可用牙签扎进我的指甲，也不愿意忍受用内置闪光灯拍照时等待结果的那种痛苦和焦虑。

几个月前我女儿索菲的班里举办了一个艺术展，我带上自己的D2X相机去参观，并在不用闪光灯的情况下拍了几张得意的照片。要是有什么原因让人接受数码相机，那就是它能让你只需转一个转轮就可以把相机的感光度值变得更高，并能在后期处理时改变白平衡设置。第一张照片（左上图）用的是正常设置，白平衡为阴天，＋3。但当这种设置与室内的钨丝白炽灯光结合时，形成一种异常的"暖色"外观，红/黄色调过浓。这不成问题，一旦我把它在Photoshop内打开，我只需把白平衡改成白炽灯/钨灯，图像就正常了（左下图）。

【两张照片：17～55毫米镜头】

感光度ISO

在胶卷摄影术中，ISO（即感光度）的分级表明胶卷对光的敏感程度。而在数码摄影中，它表明数码传感器对光的敏感程度。但最重要的是，ISO数值能让你的数码相机测光表准确地知道在记录照片时应该用什么样的光圈与快门速度组合。

在摄影术出现的早期，根本没有内置测光表，结果相机上也就没有感光度的设置一项。所有的拍摄都需要一个手持式测光表，摄影师正是在这个手持式测光表上设定感光度的，从测光表上选择与相机内胶卷相应的感光度值。直到20世纪60年代，当测光表首次植入相机机身内之后，感光度才成为相机控制组件的一部分。

如今多数数码相机一打开包装，其默认的感光度值就已经设定为最低——根据品牌的不同设定为100，125或200。那么，这是不是意味着你根本不用担心感光度的设置？不见得。我来解释一下。没有光的时候——我的意思是根本没有光——你的数码相机就照不出任何照片。所有相机都是这样——不光是数码相机，摄影术发明以来就是这样。所有拍过的照片和即将拍摄的照片都需要光，只是介质的形式在发生变化。长久以来，捕捉光的介质一直是胶卷，但对于今天的许多人来说，这一介质已经变成了数字传感器。

就像我前面说的，像素是记录图像的"制图员"，不过如果你不说明它们工作用的感光度，像素的工作甚至都无法开始。就像素而言，感光度就像咖啡因。假设ISO 125代表125毫克咖啡因，而这是能让像素工作的"正常"剂量。现在想象一下如果给了像素更大剂量的咖啡因，比如400毫克，也就是ISO 400，它们记录一幅图像会快多少。感光度的值越大，对光就越敏感，速度就越快。速度更快、对光更敏感的感光度对于捕捉快速运动或光照较暗的物体效果更好。

当然，你不会始终想用高速度的感光度。给像素太多的咖啡因肯定会有副作用。这样像素被剥夺了"睡眠"，在你还不知情的情况下，它们的"眼睛"已经"充血"。这些发红的眼睛表现在照片中就是"噪点"，一种颗粒状的结构。感光度的值越高，照片的噪点就越多。如果你用高速胶卷像ISO 400或ISO 800拍过照片，从照片上看到过的颗粒跟这里讲的是一样的。

这是不是说因为你很匆忙，所以就应该用高速胶卷呢？当然不是。不过再说一次，如果你的拍摄对象很匆忙——就像快速移动的独木舟舵手在激流中穿过——你想将他的动作凝固下来，而且聚焦准确，细节丰富，那么用高感光度可能是个好主意。

由于高数值感光度的敏感度高，你还可以——尽管我不赞成将高感光度用于这一目的——在不用三角架的情况下用来拍摄傍晚低照度下的城市风景，但我会在"快门速度"那一部分（见52～63页）解释我反对这一方法的原因。但由于许多室内不允许使用三角架——如在教堂和艺术博物馆——我则推荐用高感光度拍摄，像ISO 400或ISO 600。

数码技术为数码摄影师提供了一些胶卷摄影师只能梦想的自由，最大的自由就是可以轻松地从一个感光度设置转换到另一个。一旦你为花园中的花朵用ISO 125拍完了特写，你只需把感光度设置为ISO 400，就能抓拍在旁边跳绳的女儿的动作了。实际上，这就像从一个胶卷换到另一个胶卷，但又免去了缠胶卷和重新安装胶卷盒的麻烦。转换感光度有多容易呢？你只需按一个键或拨一下相机上的一个转盘。

如果你想拍出充满活力、细节丰富的照片，在拍摄与运动相关的题材时使用高感光度是个好主意。为了拍好这张照片，我把相机设定为ISO 640，手持相机趴得很低。滑板运动员从身后的"碗"里飞出来，并高过这个垃圾桶时我拍下了这张照片。快门速度为1/500秒，我调整光圈，当光圈为f/13时相机显示曝光正确。

【12～24毫米镜头，光圈f/13，快门1/500秒】

感光度灵活性与噪点

设想你正在欧洲度假，刚刚在著名的巴黎圣母院外为开满花的樱桃树拍了很多照片。整个上午你都在使用ISO 125，你的妻子这时建议你到教堂里面看看。一走进教堂，你马上意识到里面太暗了，不可能手持相机在里面拍照。但只要把你的ISO值从125改成640，你就会发现现在的快门速度足以手持相机拍照了。是的，使用高感光度的不足之处在于噪点。但我们多数人能够容忍这种噪点，特别是当我们的另一个选择只能是完全放弃拍照的时候。

噪点已经不像以前那样成为问题了，因为现在市场上有四五种软件程序能够在计算机处理照片的时候减少噪点。而且，相机生产商最近也在减少相机噪点方面取得了很大进步，许多新型单反数码相机目前具备了在拍照时就能降低噪点的功能。

能够轻易地从一种感光度值转换到另一种感光度值，也有其潜在的不利之处：当你在低照度下用ISO 640拍完照之后，你可能会忘记将其调回到更低、更常用的感光度设置（比如说100，125或200）。也许你在教堂内会与人聊天，一旦出了教堂，你继续游览，直到又看到一个值得拍照的机会。可能直到这一天结束你才会意识到，离开教堂后所拍摄的47张照片也是按ISO 640拍的。这一次数码也无法拯救你了。一旦你用某一个感光度值拍摄了任何照片，照片就永远"坚守"这一数值，即使你拍摄时所用的是raw格式。

感光度对于像素收集数据和记录图像的速度有着直接的影响。就像素而言，感光度就像咖啡因。

有许多室内场合要么三脚架不实用，要么根本不允许使用。我能够手持相机在教堂内拍摄这张照片，得益于能够轻易转换感光度，这张照片的感光度为ISO 800。不过，使用高感光度的不利之处在于噪点（那种遍布整个画面的细小颗粒）。目前，正如胶卷上仍会存在颗粒一样，数码噪点还仍然要存在——不过我不敢打赌。随着数码技术的快速发展，不久的将来即使用最高的感光度值拍摄，噪点也会越来越少。

当照片的曝光时间超过8秒时，经常会出现噪点和相关的异常现象。曾有一段时间这些问题不能快速修正。但随着噪点消除软件（比如我为Photoshop安装的柯达数码宝石噪点消除插件）的出现，这些问题会很快消除。

【12~24毫米镜头，光圈f/4，快门1/60秒】

白平衡

白平衡设置是数码相机中仅次于柱状图、应用最多的控制手段之一。我在因特网上确实看到过讨论白平衡的论坛，上面给你某种非常强烈的感觉，即白平衡在图像制作方面非常重要。但是，我会继续对白平衡只设置一次就不再管它了，除非有人能够真的让我看到这样做有什么不好。

在开始之前，我想简要地探讨一下红、绿、蓝三种颜色以及色温的问题。这三种颜色不同程度地存在于人们拍摄的每张彩色照片中，但每种颜色到底有多少，就要有赖于色温了。是的，就是这样。光线，正如人体，有其温度。但它又不同于人体，它的温度是通过颜色测得的。在摄影中蓝光的温度高于红光。色温是按照开氏温标测量的。任何一天，照耀在我们这个世界上的光线的色温都是按多少K测量的，大致从2 000K到11 000K。7 000~11 000K的色温被认为是"冷色"（蓝色调就在这个范围），2 000~4 000K的色温被认为是"暖色"（红色调就在这个范围），4 000~7 000K之间的色温则被认为是"昼光"（或红、绿、蓝光的合成光）。

冷色光出现在阴天、雨天、雾天或雪天，或者在晴天有阴影的地方（例如房子的北面）。暖色光出现在晴天，从黎明前一刻开始持续大约两个多小时，然后在日落前两个小时又开始出现，持续到日落后20~30分钟。在冬季的早晨或夏季的傍晚，你房子里60瓦的灯泡放射出的也是暖光。（这就是在你用日光型胶卷在室内不用闪光灯拍照时，每个人看起来像刚去过一个差劲的日晒中心的原因。）

如今的数码相机会让你相信，每种光线条件都要求你在拍摄前必须按照现场的色温调节白平衡，除非你有一个色温计，否则你何以知道确切的色温呢？在写本文的时候，一个好的色温计价值约800美元。不过幸运的是，你不需要这样一个色温计。得到正确的白平衡最简单的办法是：在每次从一个光线条件转移到另一个光线条件时，只需在镜头前放上一块8英寸×10英寸（20.32厘米×25.40厘米）的高亮白板。用这种方法，相机就会准确地知道该如何设置白平衡。

而且这种方法能保证你获得"完美"的色彩。

这正是很多人都喜欢搭乘的思维列车，但却正是我不想搭的那一列，原因是：我喜爱色彩！我曾是一名固执的胶卷摄影师，90%的照片都是用颜色最鲜艳的胶卷在各种时间内拍摄的。在用胶卷拍摄的最后6年里，我所用的90%都是柯达E100VS，一种色彩非常鲜艳的彩色幻灯片。我开始用数码摄影的时候，我面临的问题是无法把raw格式照片的色彩变得像原来那样高度鲜艳——直到我偶然发现了阴天白平衡设置，就是它。

多年来，我在户外用胶卷在阴天、雨天、雪天、雾天以及晴天的阴影等条件下都拍过照。为了消除这些场合里出现的蓝色光，我会用81-A或81-B暖调滤色镜，它们可以为一个场景增添红色调，即使不能完全消除，也可以从效果上压制住蓝色光。我喜欢自己的照片呈现暖色。

这样我们就说到了我的那个白平衡设置。不管是我前面用过的尼康D1X数码相机还是我现在用的尼康D2X相机，我都把白平衡设置到"阴天"+3上面。如果你有一架尼康D-70或D-100，你也可以把白平衡设置到"阴天"，然后通过微调按钮调到+3上面。

在佳能相机上，你还可以选择色温。把白平衡设置到阴天之后，可以通过把色温调节到6 300K来实现微调。如果相机上除了阴天的设置之外没有任何微调设置，也不要担心，至少你可以把白平衡设置成阴天，就不要管它了。如果你觉得阴天白平衡有点过分，你在后期处理阶段随时都可以将其设置成自动或日光或阴影或钨灯或荧光灯或闪光灯，当然这必须是假定你拍摄时使用了raw格式（这是拍摄时使用raw格式的另一个好处）。

无论是在可用日光、钨灯、荧光灯、钠灯还是水银蒸汽灯条件下，我很少在室内摄影，尽管也拍摄过。跟阅读此书的大部分读者一样，我是个自然光摄影师。唯一的例外是我会用自己家里的迷你摄影棚设备拍摄白色背景的物体，以及在进行商业摄影时，我会用一些闪光灯照亮室内。在这两种情况下，我通常会把白平衡设置为闪光灯型。我还是个特定时间摄影师。在晴天，我在清晨或傍晚至薄暮的时候拍摄。正午光线，从上午11点到下午3点，我称之为游泳池边光线，如果附近有个游泳池，你就会在那里找到我：在池边坐着，当然，还要搽上防晒乳。

因此，既然我通过把白平衡设置为"阴天"＋3给我的照片增加了更多的暖色调，现在摄影就像是在用柯达E100VS胶卷了。我的白平衡从来不变，无论是在晴天、阴天、雨天、雾天还是雪天。为了不让你以为我真是个白痴，别忘了如果我愿意，在那些最罕见的场合——我想强调罕见——也许我使用别的白平衡设置更好，我可以在将我的raw格式照片下载到电脑里以后，在进行后期处理时随时任意将白平衡改变成任何设置。

如果有更多的摄影师愿意听从我的建议，特别是那些很少在早晨或傍晚至薄暮时摄影的人，他们就会为照片上的暖色感到吃惊，因为这些照片是当我在泳池边上休息的时候他们拍摄的。很多人喜欢在中午拍照，你在照片上看到的增加的暖色调肯定会引起你的注意（这种色调通常与一天较早或较晚的时间有关）。你可以骗你的朋友，让他们以为你成了一个早起的人，或者以为你是在傍晚时拍摄的，不过要小心那些识货的人。早晨或傍晚的光线常会出现许多长阴影，而正午的光线却是"无影的"。如果你想通过Photoshop来从事增加阴影这样复杂的工作，我觉得你有这么多的时间，还不如去干点别的呢。

左图是典型的正午光线，拍照时白平衡设置为"自动"，一点也不奇怪，它准确地完成了记录当时色彩的"伟大"工作。由于正午的光线偏蓝，整个照片看起来是蓝色调的。现在对比一下另一张照片（右图），是我用"阴天"＋3的白平衡设置拍摄的。很明显，这张照片色调更温暖。当然，这种选择是个人的，但如果你没有想到把白平衡设置为"阴天"拍照，你的照片也许也值得一看。

【两张照片：17～55毫米镜头，设定为24毫米，光圈f/16，快门1/125秒】

红外"胶卷"

就在你认为数码相机的功能就这么多的时候，它其实还有其他功能！你的数码相机很可能还可以拍摄红外"胶卷"（即具有红外模式）。如果你没有把握，可以进行一个简单的试验：把相机放在餐桌的一端，将测光模式设置为光圈优先，再把光圈设定为f/22。去把电视机遥控器拿来，假定这个遥控器跟其他大多数遥控器一样通过红外光束工作，将它放在餐桌的另一端。现在，走到你的相机跟前，将相机镜头焦距设定在50～70毫米，对着遥控器对焦。然后打开相机上的自拍计时器。跑回到餐桌另一端，按下遥控器上的按钮，并一直按到相机拍照完毕。看看你的液晶显示屏，如果显示屏上能看到遥控器上一个鲜亮的或模糊的光点，那么你的相机就可以拍摄红外照片。

就拍摄红外照片而言，它不同于彩色和黑白摄影。由于人眼看不到红外光（如果不带特殊眼部装置），你很快就会发现拍摄红外照片时有两点是必需的：（1）红外滤色镜；（2）真正理解哪些拍摄对象最适合用红外模式拍摄。

由于各种品牌的数码相机处理红外线的方式不同，我不能推荐哪种红外滤镜最适合你。跟你当地专业相机店的店员聊聊，或者到因特网上做一次简单的搜索，搜索"红外摄影"肯定会为你提供丰富的信息。说了这么多，可以肯定地说，加上豪雅（Hoya）R72滤镜之后，即使不是所有人，至少是大多数人明天踏出家门，就能拍摄到令人满意的照片，即便不是很了不起的照片。我的许多学生说，这种滤镜打开了通往红外摄影中一些令人惊异的发现的大门。

这样，你就带着数码红外相机出门了，不过稍等一下。红外线人眼是看不到的，如果你看不到，你怎么知道朝哪里对焦啊？又有好消息了：装上滤镜之后，相机现在就可以"看见"红外线了，相机与镜头的自动对焦功能在这方面做得非常好。

那么如何设定曝光值呢？首先，我偏爱ISO 100～200，即使拍摄红外照片也不例外。你会发现，红外滤镜几乎是黑色的，光线强度被严重削弱，因此曝光时间可能会比较长——当然这取决于你的光圈设置。而更重要的是，要习惯于使用三脚架，因为大多数红外摄影都需要1/15秒甚至更长的时间（除非是在中午而且用最大光圈）——这还是取决于光圈和一天中的拍摄时间。所有这些都是经过实验、试验和犯错误得来的，因此在拍摄每张照片时都要朝过度曝光的方向留出一两挡的余地，直到你对于红外摄影过程中的许多细微差别了然于胸。

我在教学过程中遇到的一个普遍问题是，在用红外模式拍摄时应该把相机设置成彩色模式还是黑白模式。我的建议是将其设置为彩色模式——在将raw格式的照片下载到电脑中后，你可以随时将其改变成黑白模式。尽管在相机的液晶屏上无法为你显示真正清晰的照片，但看彩色照片仍然比看黑白照片更容易。

是不是任何拍摄对象都可以用红外方式拍摄？再说一遍，规则仍然是试验与犯错，不过既然红外线在绿色物体上表现最强，那么要是你不断地拍摄树木、草地和春天的麦田，不要感到奇怪。

什么是留有余地

以下是留有余地的一些例子：假设你用手动曝光模式拍摄，在确定了将使用的曝光设置后，比如用f/8光圈和1/15秒快门，你又用1/8秒和1/4秒各拍了一张，两张照片的光圈仍为f/8。或者，你可用自动曝光模式拍照，但拍完第一张之后，将曝光补偿设置为+1再拍一张，设置为+2再拍一张。这时你的液晶显示屏再次派上了用场，让你看看哪一张的曝光效果最好。

红外摄影与彩色摄影和黑白摄影都不同。

什么是阻挡滤光镜

与传统的日光型胶卷不同，数码相机的图像传感器对红外光相当敏感。这就是为什么大多数传感器（如果不是所有传感器）在出厂时都加装了一个阻挡滤光镜用于阻挡红外光。然而，多数阻挡滤光镜仍然能透过足够的红外线使之到达传感器，实际上也就让你能拍摄红外照片了。

——个朴实的法国街景如果用红外滤镜拍摄，就具有了一种超现实主义的特点。这种普通日光下的彩色照片，说实话，没有什么值得说道的地方（上图）。但是，当我用红外滤镜再拍摄相同颜色的照片时，照片就呈现出一种令人兴奋的红色（中图）。曝光时间是1秒，用f/16光圈。这是一张彩色红外照片，尽管它确实与日光下的颜色不同，但它仍然不具备红外照片应有的那种真正的超现实主义的外观。只有当我在Photoshop中把它转换成黑白照片之后，你才能看到真正引人注目的红外照片（下图）。这是一种与普通照片完全不同而且更加肯定的结果。我处理完照片之后，我妻子马上就说："哇，它看起来跟雪一样！"

【上图：18～55毫米镜头，光圈f/16，快门1/60秒；中图：18～55毫米镜头，光圈f/16，快门1秒】

光圈

光圈真正的重要性

你会发现在整本书中，我列出了拍摄每张照片时所用的镜头类型、光圈和快门速度。可能你很想知道为什么有的照片我用f/4或f/6.3，有的用f/8或f/11，还有些用f/16或f/36。为什么要用不同的光圈？为什么不选一个就固定下来？很简单，因为我想创造照片，而不是制造照片。光圈的选择对于照片的整体效果有着巨大的影响。

光圈有两个功能。第一个功能对于大多数摄影者来说更熟悉：控制通过镜头到达等候在那里的像素家庭的进光量。像素就会把这些光捉住，记录成一张照片。但光圈的功能不止于此，它不仅仅是镜头上允许光线通过的孔。这一点更重要！

第二个功能——也是光圈真实、真正的重要性——就是它能影响照片的清晰度。它可以让从几英尺（1英尺约为0.30米）远延伸到无限远的区域都呈现出令人惊奇的清晰度，也可以只让你所选择聚焦的任何起止点清晰。用摄影术语来说，照片中从前到后清晰的区域叫景深。

无论你选择拍摄什么，在某一点上你都得对某个物体对焦，要是你用自动对焦，相机就会为你对某个物体对焦。一旦对某个物体对焦完毕，依据构图的不同，你会注意到焦点之后或之前的某些区域是不清晰的。这就是光圈有意思的地方。你是想让照片从前到后都清晰呢，还是只想让处于焦点的区域清晰？

光圈真实和真正的重要性在于它能影响照片的清晰度。

这是两张拍摄对象完全相同的照片，但它们各自传达了独特的信息。正是光圈——而且仅仅是光圈——在这里控制了视觉重心。构图完全相同。通常情况下，无论任何物体处于焦点位置，人眼和大脑就会认为这一物体比不在焦点上的其他物体更具有重要性。再说一遍，是光圈在极大程度上控制了视觉重心。

你喜欢哪一张？这里重要的并不是哪张对与哪张错，而是你要明白，当你为自己的构图选择了正确的光圈时，你的照片就具有了冲击力！通过选择正确的光圈，你就能清楚地向观众传递你想表达的信息。

【上图：17～55毫米镜头，设定在40毫米，光圈f/4，快门1/640秒；下图：17～55毫米镜头，设定在40毫米，光圈f/22，快门1/20秒】

f/22，叙事性光圈与广角镜头

如果你想让照片从前到后的所有物体都清晰，景深的规律就要求你用最小的光圈，如f/16或f/22。（如果你想一下，当你想看清楚一个物体的时候你会如何眯起眼睛，你就能明白为什么光圈开孔越小，景深就越大了。）那么你能想到什么样的主题，让你希望所有东西都清晰呢？最常听到的回答当然是自然——特别是风景。

当看到那种令人称奇的照片时——比如前景是满地野花，将视线引向一个湖面，再远处就是一些宽广、遥远的山脉构成的背景，从前到后所有物体都非常清晰——我们都发出过赞叹声。对于这种主题的照片，苛刻的清晰度压倒一切！摄影师究竟是如何做到这一点的呢？这无疑需要一架确定昂贵的相机。说实话吧，你和几乎所有阅读此书的读者都早已拥有了这样一架"确实昂贵的相机"。

这类照片我称之为叙事性照片，就像这个名称的意思所说的，这种照片非常适合用来讲故事。像所有的好故事那样，它有一个开头（前景物体，例如前面提到的花），有中间（湖水），还有一个结尾（宽广的山脉）。从效果上讲，f/22光圈就叙述这样的故事，它可以完整、详细地表达出开头、中间和结尾。

为了容纳尽可能多的视觉信息，你会想用一个能捕捉尽可能大的视角的镜头。毫不奇怪，认真的业余摄影师和专业摄影师为了拍摄这种具有视觉冲击力的照片最喜欢选用的镜头是广角镜头。简单地说，如果你用的是越来越流行的12～24毫米镜头，或者"标准"的18～55毫米镜头，或者18～70毫米镜头（或者如果你用的是胶卷相机时代的广角镜头，如17～55毫米或20～35毫米镜头），你的确已经拥有了讲述这种美丽故事的镜头了。不过本书还要教你确切地了解这些焦距中哪些最适合拍摄这种漂亮的叙事性照片。

使用12～24毫米变焦镜头时，你要用12～16毫米焦距；使用18～55毫米、18～70毫米、17～35毫米或20～35毫米镜头时，你要把镜头设定在17～18毫米的范围内。在这些焦距范围内，镜头角度才能创造出宽广的叙事性构图。

有几个原因使这些焦距备受喜爱，它们确实能提供最大的视角，使摄影师能够在场景中容纳更多的景物。不过——这一点很关键——选择正确的光圈配合这种广角视图绝对必要。如果你这样做了，就能确保你拍出迄今为止你认为只有用更昂贵的相机或者你认为必须知道更多窍门才能拍出的照片。

换个说法，这些不可思议的风景照片部分与镜头角度（越广越好）、躺下拍摄或起来靠近前景（你的视点）的拍摄方法有关，但真正的秘密在于：除非你使用正确的光圈，否则你永远拍不出那种从最近的前景到远处地平线都极为清晰而且细节丰富的叙事性照片！重复一下，对于所有叙事性风景都适用的正确光圈是多少？只有一个，那就是f/22——为数码单反相机或普通单反相机制造的每一个广角镜头或广角变焦镜头上都有f/22光圈。

关于快门数字的一点解释

开始的时候可能会迷惑，但要记住，小光圈开孔是用大f挡位表示的，而大光圈开孔则是用小f挡位表示的。因此，光圈f/22比光圈f/16的开孔要小。

在荷兰西弗雷斯兰的许多运河边上，都不时地能看到风车。尽管当年河堤上曾有过2万多座风车，但如今遗留下来的不过几百座。由于这是一个侧光场景，为了使天变得更蓝，以及消除树木和青草上刺眼的反光，我使用了偏光镜。只有在拍摄侧光对象时偏光镜才能取得最佳效果。然后我把光圈打到f/22，将相机对准蓝天调整快门速度，到1/20秒时显示曝光正确。我用了三脚架，把焦距选在16毫米，并对着3英尺（0.91米）远处进行对焦。在为画面寻找框架时，我有意识地挑选了以高草和树为前景，形成一个画框衬托出背景中的风车，从而提高了风车在画面中的重要性。尽管背景在取景器中看起来不很清晰，但f/22光圈的使用提供了所需的从前到后的景深。你可能注意到了上端的树枝并不清晰，但这只是因为一阵微风吹动了树枝。

【12～24毫米镜头，设定在16毫米，光圈f/22，快门1/20秒】

叙事性照片与广角镜头

如果你买了一本书，却发现前9页都是空白的，你很有可能会感觉受骗了。然而，这正是许多摄影师在"写"叙事性照片时的做法：前景缺失——在摄影上相当于空白页。因此由于显而易见的原因，这些照片很难引人注目。为了避免拍出缺乏前景的照片，你必须靠近前景。

大多数摄影师不把广角镜头看做是近摄镜头，不过如果他们这样认为，他们的照片质量会提高十倍。在拍摄广角场景时，人们倾向于向后退，以便在照片的构图中记录更多的东西。大错误！从现在起，试着养成走近的习惯——走近前景中的花，走近前景中的树，走近前景中的石头。遵循"一英尺（0.30米）规则"：如果你距离花、树干、沙质海岸线或嶙峋的岩石仅一英尺（0.30米），你肯定会在你故事的前9页写上"文章"。

傻瓜型对焦公式

我的学生在拍摄叙事性照片时常常不知道朝哪里对焦。试试我的傻瓜型"公式"吧，保证每次都管用。首先，你必须关掉自动对焦。如果你的镜头是75度广角（18～55毫米变焦镜头在18毫米焦距时的角度），先把光圈设定在f/22，再对着一个约5英尺（1.52米）远处的物体对焦。然后，如果你选择的是手动曝光模式，调整快门速度，待显示曝光正确的时候就可以拍了；如果你用的是光圈优先模式，直接拍摄就行了，因为相机会为你确定快门速度。

如果你用的是12～24毫米数码广角变焦镜头，你采用的焦距在12～16毫米之间，那么将镜头光圈设置为f/22，对着3英尺（0.91米）外的某物对焦，然后重复上面提到的最后步骤就行了。

如果你用的是全自动数码相机，你可以用f/8甚至f/5.6光圈，如果你无法关闭自动对焦功能，那么就对着离镜头5英尺（1.52米）远的物体进行自动对焦。（对焦完成后）锁定自动对焦，利用这一焦距为你想拍摄的场景重新构图就可以了。

很可能，在你第一次使用这一技巧时你会感到怀疑，因为在通过取景器观察时，你肯定会注意到，所拍风景从整体上看一点也不清晰。尽管如此，在这一点上请相信我，它会清晰的，从前到后都清晰。因为你相机背后有液晶显示屏，你自己可以立即检查这一点。从取景器看照片不清晰的唯一原因是因为你在通过镜头用最大光圈（即f/2.8、f/3.5或f/4，依镜头的不同而定）向外观察，而不是在用较小的叙事性光圈f/22。

小贴士　让相机做它该做的

你可能有一架能为你计算景深的相机——佳能有几款相机能做到这一点。检查一下你的相机使用手册，看看如何打开和使用这一功能。基本上是这样：你先让相机对着你要拍摄清晰的前景对焦，然后再让相机对着远处的地平线对焦。相机会记住这两个距离，如果这一距离符合你所给焦距用f/22光圈时的景深距离，相机就会"让你"拍照。如果你想不出如何做到这一点，你可以始终运用上面提到的傻瓜型对焦公式。

那是我在坎昆为一个企业客户摄影的时候，终于得到了一下午的自由时间。于是我迅速跑出去，在海滩边上从一个小贩手里买了一个很大的海螺壳，并把它放在那里作为我那天拍摄的很多照片的前景。摆拍照片对我来说并不少见，只要我能让照片看起来可信。对其他摄影师来说可能不那么可信，但对普通大众来说是可信的，因为这种照片的市场就在于那些喜欢旅游的人。

为了拍摄这张照片，我跪在海边，将海螺壳放在我前面，把相机焦距定在15毫米，光圈定在f/22。我使用了相机的光圈优先模式，只是瞄准、对着海螺壳对焦，然后就拍摄，让相机选择了1/90秒作为曝光时间。

【12～24毫米镜头，设定在15毫米，光圈f/22，快门1/90秒】

我在相机上安装了12～24毫米镜头，把相机固定在三脚架上，把光圈设定在f/22，然后对着约3英尺（0.91米）外作为前景的花对焦。上图显示了通过取景器观察到的景象，你可以看到，怎么说它都不能算清晰。不过，我不担心，因为只有在你按下快门的时候，光圈才真的降到你选择的f/22光圈。正如39页图所示，照片明显获得了叙事性照片所希望的从前到后的清晰度。与胶卷摄影师不同，他们必须等到胶卷冲洗后才能真正确认这样"是不是成功"，而数码摄影师只要查看一下显示屏就可以马上看到是否获得了所期望的清晰度。

【右图：12～24毫米镜头，光圈f/22，快门1/15秒】

除非你使用正确的光圈，否则你永远拍不出那种从最近的前景到远处地平线都极为清晰，而且细节丰富的叙事性照片！

数码转换因数

你 如果在新数码单反相机上使用了胶卷相机的一些或全部镜头，你肯定会对这件事很熟悉：当镜头加到数码相机上之后，这些镜头的焦距增加了。这是因为当使用这些镜头的相机中的"胶卷"（即图像传感器）小于35毫米时，就产生了一个转换因数。

这一光学特征很容易运用，你的30～300毫米变焦镜头就成了100～420毫米变焦镜头。不过当你的20～35毫米广角变焦镜头变成了大约28～50毫米的变焦镜头时，你可能就难以接受了。业界猛然觉醒，对这一问题的回应是提供了流行的12～24毫米广角变焦镜头。消费者对这一镜头的反应也很快，

以至于在许多相机商店里仍然买不到这种镜头。

在好的一面，尽管镜头的焦距变长，视角变小，但它们的景深属性一点也没有改变。当你的20～35毫米变焦镜头设定在20毫米并将光圈定在f/22时，景深仍然可以达到从18英寸（0.46米）到无限远，尽管镜头的角度从90度减少到了75度。35毫米胶卷相机上的广角镜头在数码相机上适用的这一功能，对于35毫米胶卷相机上的远摄镜头也同样适用：70～300毫米"数码"镜头的焦距虽然改变了，但其景深仍然与其作为"胶卷相机"上的70～300毫米镜头一样。

叙事性与傻瓜相机

如果你用的是数码傻瓜相机，那么几乎你所有的光圈都是叙事性光圈。这种数码傻瓜相机不可救药地具有强大的景深，即使是那些平时看来通常与小景深相关联的光圈，如f/4或f/5.6。这种情况的不利之处在于，不使用近摄附件就很难最大限度地分离被摄对象。

而这种情况的好处在于，使用诸如f/5.6或f/8这样较大的光圈也能拍摄叙事性照片，它所能提供的景深在数码单反相机上相当于光圈f/16或f/22的景深。由于用数码单反相机拍摄叙事性照片时镜头开孔较小，摄影师必须借助于三脚架；而用数码傻瓜相机的摄影师则可能手持相机拍摄叙事性照片——因为在镜头开孔比较大的时候，曝光时间要快得多。

说了这么多，还要着重说明的是，你也可能已经了解了你的数码傻瓜相机，它在广角/叙事镜头方面还有缺陷。大多数叙事性照片依靠视角

至少为75度的广角镜头，在写本书时，超过90%的数码傻瓜相机所提供的视角都不超过62度。这倒不是说你不能用大景深拍叙事性照片，而是你只能在有限的视角内拍摄。对了，我知道一些傻瓜相机如尼康8700提供一个附属镜头，可以扩展视角，但在你花钱买了附件和相机本身之后，这足以购买一架流行的尼康数码单反相机——尼康D70了，它带有一个18～70毫米镜头，与上述相机加镜头的价格相同，如果购买带有18～55毫米镜头的佳能数码Rebel，花费还要少！

叙事性与远摄镜头

尽管远摄镜头很少用于拍摄叙事性照片，但也是可以用的。不过在使用远摄镜头拍摄这类照片时，摄影师常常拿不准朝哪里对焦。通常的规则是：一旦对被摄对象构图完毕，光圈也打到最大的挡位（最小开孔）——f/22或f/32——只要对着场景内三分之一处对焦然后拍摄就行了。

数码傻瓜相机不可救药地具有强大的景深……而这种情况的好处在于，使用较大的光圈也能拍摄叙事性照片。

对着场景内三分之一处对焦，那天傍晚日落后在拍摄法国一座人行桥时我就是这么做的。为了达到在长时间曝光时相机的稳定，我使用了三脚架，并对着桥上的第二座拱门对焦。画面总体的紫红色调出自我用的荧光灯（FLW）滤镜，傍晚及凌晨在拍摄城市景色时我常用它。

【80～200毫米镜头设定在110毫米，光圈f/22，快门2秒】

分离性光圈

如 果我们把f/22和广角镜头看做是叙事性光圈和镜头，那么f/4或f/5.6和远摄镜头就可以被看做是分离性光圈和镜头。如果把叙事性光圈比喻成写作，那么分离性光圈就像一支荧光记号笔，可以在一篇文章中标记出一个关键词或词组。我把那种只突出一个对象的照片称为分离性或单主题照片。分离一个被摄对象的最好组合是远摄镜头与小数字光圈（f/4或

每 个纽约人都会讲"出租车"的故事。纽约市的出租车是幽默与挫折的同义语，甚至它有了自己的情景喜剧《出租车》，大家都知道，该剧非常流行。单从数量上看，纽约时代广场附近看上去简直像是出租车大会！我被这辆车吸引只是因为它亮着"停运"的灯——想搭车的人都不愿看到这个标志。我的相机装在了三脚架上，所用焦距为350毫米，此时我能看清"停运"灯，但背景中的Roxy Deli的店牌仍然给人一种场所感。不过，用更大的光圈开孔（f/5.6），我就能限制店牌的视觉重量，并保证让它成为次要因素。这是一个完美的例子，它说明对细节的注意怎么强调都不过分。如果我用的是f/22光圈，停运标志与店牌都会很清楚——它们会争夺观众的注意力。你应该用远摄镜头来强调你构图中的主要兴趣点。

【右图：80～400毫米镜头设定在350毫米，光圈f/5.6】

f/5.6，它们实际上是大光圈开孔，要记住），因为它们可以把景深限制在场景内。当你把单主题光圈与单主题镜头结合起来的时候，你几乎就确保了分离性照片的成功！

与那些有着"开放的思想"，可以看到任何事情——换句话说，视角非常大——的广角镜头不同，远摄镜头由于视角有限，"思想非常狭隘"。比方说吧，当你把一个80～400毫米远摄镜头（其视角从25度到不足6度）与能够产生狭窄、分离性或很浅的景深的光圈（如f/4或f/5.6）结合在一起的时候，你可以只瞄准你希望从一个杂乱的世界中提取的一两个细节。从效果上讲，分离性光圈与远摄镜头适合于找出隐藏在许多叙事性照片中的精彩之处或细节。

在 参观一个苗圃时，我看到几株盆栽的木槿花。我马上取出相机和三脚架，并对着约7英尺（2.13米）开外的一朵花（左图框起来的）构图。为了在最后拍摄时分离出这朵花，我把距离镜头仅6英寸（15.24厘米）远的几朵花也包括了进来。然后我选择了f/4光圈，将景深限制在主要的这朵花上，前景中的花瓣就变模糊了（上图）。

【80～400毫米镜头，光圈f/4，快门1/320秒】

分离性光圈与广角镜头

广角镜头很少被人想到可以用来分离拍摄对象。由于其天生具有大视角，它把很多东西都包括进照片中，分离被摄对象对它来说没有任何意义——至少很多摄影师是这么认为的。不过广角镜头确实具有拍摄特写的非凡能力，当你把特写与分离性，或叫单主题光圈结合起来时，一些极具冲击力——也很让人长见识的——照片就拍成了。

这张照片肯定具备分离性或单主题特征：一个吻。不过照片也显示了一些背景对象，让照片更引人注目。我手持相机拍摄了这张特写，所用的是17~55毫米镜头，设定在26毫米（有效的62度视角）。

【17~55毫米镜头，设定在26毫米，光圈f/5.6，快门1/125秒】

尽管很少有人认为广角镜头适合拍摄分离性主题，但它具有拍摄特写的非凡能力。

"谁在乎"光圈

好吧，很简单：你可以用小光圈拍摄叙事性照片，也可以用大光圈拍摄单主题照片。但有没有什么时候你不用担心是否选对了光圈？

如果你熟悉我前一本书，你就会知道这个问题的答案是"有"。实际上，有许多出色的曝光和构图根本就不用在乎光圈选择，我把这种摄影机会称为"谁在乎"光圈选择。你拍摄靠近砖墙的被摄对象时，谁在乎你用了什么光圈呢？因为被摄对象与墙处在同一焦距上。你由上向下垂直拍摄一片落叶时，谁在乎你用了什么光圈呢？因为落叶与地面在同一个焦距

虽然设置红绿灯的目的是控制交通流量，但它也会成为鸽子的落脚之处。在相机上安装了80～400毫米镜头，把相机安在三脚架上之后，我可以从忙碌、杂乱的城市风景中只分离出红绿灯与鸽子。意外的收获是红绿灯处于阴影中，而背景又是较为明亮的蓝天。把光圈设定在f/11（"谁在乎"）之后，我对着明亮的蓝天调整快门速度，到1/200秒时显示曝光正确。这一曝光选择拍摄出了剪影般的形状，但同时又证明对红灯来说这个曝光是正确的（用这一曝光我既可以展示"谁在乎"光圈，也展示了一幅单主题照片）。

上。在你拍摄远处蓝天下的一个热气球时,谁在乎你用了什么光圈呢?因为气球与蓝天也在同一个焦距上。尽管你可以用任何光圈很容易地拍摄这类照片,尽管我亲切地称它们为"谁在乎"照片,但我还是推荐你使用f/8或f/11。如果你用的是数码傻瓜相机,就用f/4或f/5.6。为什么呢?因为这些光圈能让你利用镜头的"甜蜜点"。每个镜头在光圈f/8到f/11(数码傻瓜相机为f/4到f/5.6)之间的时候,才能提供最好的边

到边的清晰度和对比度。因此被称为甜蜜点。

甜蜜点一般不能为叙事性照片提供足够大的有效景深,而对于单主题照片来说它所提供的景深又太大了。但就像我说的,这个世界并不是完全由叙事性和单主题场景构成的,还有同样多——如果不是更多——的"谁在乎"照片等着我们去拍摄。当碰到拍摄"谁在乎"照片时,我始终都用f/8到f/11之间的光圈。

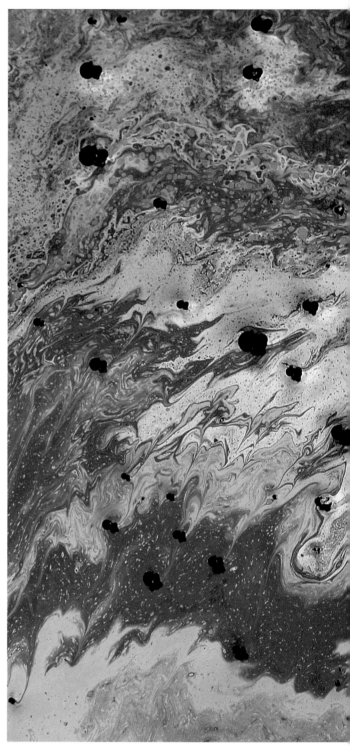

要是你想试试用"容易"的曝光方式拍照，拿上相机和一个18～55毫米变焦镜头出门吧，当然别忘了带上三脚架——走着的时候要密切注意街上有什么。无论你在脚边发现什么，都可以用f/8或f/11有效地把它拍下来。说不准你可能会有什么意想不到的发现呢，就像我这些年来一样。大多数人甚至没有留意他们脚下有什么，真是太令人惊奇了！

谁也不知道这个被踩扁了的饮料罐在这里有多久了，但它躺在地上就足以构成拍摄一幅"谁在乎"照片的原因。我把35～70毫米镜头装在相机上，把相机安在三脚架上，将光圈打到f/11，我只要构图、对焦，然后拍照就行了，因为我还用了光圈优先模式。

【35～70毫米镜头，光圈f/11，快门1/30秒】

离 饮料罐不远的地方，我看到停着一辆搬家汽车，汽车引擎在漏油。由于刚下过雨，漏下的油变成了一幅"风景画"，看上去像火星探测器拍摄的什么东西。我又把相机和镜头装上三脚架，将光圈打到f/11，只需构图、对焦和拍照，因为我还是用的光圈优先模式。

【35～70毫米镜头，光圈f/11，快门1/8秒】

总结：镜头对比

这三张照片最明显的区别在哪里？总体视角当然算一个区别，相应的景深也算。这三张照片是用同样的光圈和快门速度拍摄的：f/8光圈和1/350秒快门。三张照片的构图相似，玩具娃娃都占据了照片大概相同的面积。不过，注意视角上的巨大区别。第一张照片我用的是12～24毫米镜头，设定在15毫米，结果是大约90度的视角，照片不仅拍出了娃娃，也可以看到背景中赫然耸立的巨大教堂。第二张照片我用的是18～70毫米镜头，设定在45毫米，结果是大约52度的视角，教堂背景已经大为减少。第三张照片我用的是70～300毫米镜头，设定在135毫米，形成一个约16度的视角，背景被拍成了模糊的色调和形状。很明显，用叙事性镜头（广角）你获得的故事就多，当你想把一个对象从其环境中分离出来，拍摄一幅单主题照片时，你就需要远摄镜头了。

12～24毫米镜头，设定在15毫米

用广角镜头你就得到更多的故事，而用远摄镜头则可以把一个对象从其环境中分离出来。

18～70毫米镜头，设定在45毫米　　　　70～300毫米镜头，设定在135毫米

快门
速度

阐释运动

我们周围到处存在着充满动感的拍摄机会——在家里或街上，在办公室或公园里。没有人会认为他所处的世界是静止不动的，摄影的"金矿"就存在于这种运动中等待开采。

凝固动作

可能没有什么比一张用简洁、分明的清晰度凝固了动作的照片更能令人满意了，它可以让观众有时间观察和分析每一个微妙之处直至最小的细节。在那一特定动作停止了很长时间之后，你可以不断地回过头来，品味凝固在时间里的那一刻。

记录伟大动作的拍摄要领有很多，但最首要的一条是使用正确的快门速度。对拍摄大多数户外动感照片，即大多数体育活动来说，标准的快门速度是1/500秒到1/1000秒。你要考虑的第二个问题是感光度的选择，因为感光度的值越高，就越有可能同时用小光圈和高快门速度。运动摄影要求对焦要快，如果你的对焦不很准确，f/16或f/22光圈所增加的景深就可以派上用场了。

另外，使用电机驱动非常关键。在数码单反相机上，电机驱动是自动前进装置，它自动将反光镜和快门复位，让你在拍摄下一张照片时不用再手动上紧快门，就像使用某些胶卷相机那样。大多数数码单反相机具有两种自动前进模式：连续低速与连续高速。将相机设定在高速模式，这样你就能用照片记录你面前的大多数动作。然

我女儿克洛伊相信鲨鱼能顺着浴室的下水道游上来吃了她，这就是为什么在她洗澡的时候要把浴室的门开着——这样当鲨鱼来到时我们能更清楚地听到呼救。不过她在世界各地都敢往游泳池里跳——尽管我多次向她指出游泳池的下水管更粗。

虽然谈了好多次（后来答应买冰激凌），克洛伊最终还是满足了我的愿望，把头发浸湿向后甩几次，我要用照片凝固她长发的动作以及从头发上甩出的水。用ISO 400和f/11光圈，我能以1/800秒的快门正确曝光。我告诉她从水底下上来的时候呆在一个点上，脚不能移动。这样我可以预先对焦和构图，当我数到3的时候，我已经准备好了。转眼之间，这就是结果——这就是凝固了动作、对焦清晰、名为《游泳池里的一天》的照片。

【20～200毫米镜头，光圈f/11，快门1/800秒】

后，由于这是数码照片，你能快速删除那些不成功的照片。对于大多数动作照片来说，最好的一张是从一组连续照片中挑选出来的，你预计动作的开始与结束时间，在动作到达潜在的顶点之前开始拍照。

隐含运动

运动无处不在，当运动通过照片表达时，如果使用较快的快门速度，结果常常引人注目而且令人吃惊。不过用数码相机通过长时间曝光拍摄运动对象时，有一点必须要注意：噪点。除了用高感光度拍摄时会产生噪点之外，另一个产生噪点的因素是用8秒以上的长时间曝光。

如果你找不到游泳池，那么你至少会希望有机会在喷泉里玩一下。我的女儿索菲也是个爱玩水的孩子，还是家里的田径运动明星。她从生下来就一直在跑！你根本就不必要求她从小喷泉上跳过去，因为在你拍摄之前她已经跳了六七次了！

我把安装了12~24毫米镜头的相机向上对准喷泉上面的天空，将快门速度定为1/500秒，然后调整光圈，到f/8时相机显示曝光正确。然后我重新为这一场景构图，并拍摄了这幅名为《会飞的索菲》的照片。

【12~24毫米镜头，光圈f/8，快门1/500秒】

在法国和瑞士的阿尔卑斯山里有无数的隧道，有一些长达17英里（27.36千米）。有一天我决定在一条隧道内利用一下这种充满动感的机会。我把相机设为光圈优先模式，将18~70毫米镜头支撑在仪表板上，光圈设为f/8，自动曝光补偿为+1。我只需在尽力与前面的轻卡保持等速的情况下按下快门就行了。长达22秒的曝光拍出了一张充满动感的照片——也许这张照片可以用做"请勿酒后驾车"的海报。尽管照片还算不错，但注意照片上有过多的噪点。

波 特兰玫瑰节每年6月在美国俄勒冈州波特兰市的威廉梅特河沿岸举行，这也是为数不多的几个能给摄影师提供俯瞰景色的节日之一，正如从莫里森桥上看到的一样。我把装了12～24毫米镜头的相机固定在三脚架上，将光圈设定在f/11。在傍晚拍摄时，我一贯按照微暗的天空设定我的曝光值。因此我把相机指向天空调整快门速度，到4秒时相机指示曝光正确。于是我重新构图并拍摄了你现在看到的场景。注意噪点相对较少，那是因为我用了柯达数码宝石噪点消除滤镜。这是一款可以通过柯达网站订购和下载的插件。如果一幅照片需要消除噪点，我就把它作为后期处理的最后一步。

跟拍

除了凝固动作及隐含动作这样的基本技巧，还可以跟拍。作为诠释运动的另一种手段，跟拍就是当运动着的被摄对象经过镜头时，手持相机与被摄对象平行运动，并同时按下快门。这种拍摄方法可以使运动着的被摄对象在照片中某个特定位置保持相对静止，而被摄对象周围真正静止的物体被记录成了水平（或垂直，依跟拍方向而定）条纹。一般在跟拍构图中，被摄对象通常是从右向左或从左至右运动，例如骑自行车的孩子或者慢跑的人。但你也可以扩展一下水平视角，寻找周围的一些垂直运动，如在游乐场里玩蹦床、跷跷板或过山车的孩子。

为了有效地跟拍，你可能会用1/60或1/30秒

这样的快门速度，但我想再说一下，由于你用的是数码相机——没有胶卷费用——你应该开放思想，试着用更慢的快门速度，像1/4秒和1/8秒。根据光线条件，跟拍时可能需要使用偏光镜，因为从本质上说偏光镜可以将光线强度降低2挡，更适合用较慢的快门拍摄。

无论跟拍什么对象，要记住为了跟拍成功，你必须选取一个合适的背景。在跟拍时，背景会呈现为模糊的色彩与色调的条纹，背景越杂乱、色彩越丰富，被跟拍的对象看起来就越漂亮。如果你只用一种颜色在画布上画条纹，结果看上去只不过是一种纯色，而看不出有什么条纹。但如果用几种颜色，你就能分辨出条纹来了。

同样，跟拍一个跑在蓝色墙壁前的慢跑者，即使有一点，也看不出多少跟拍技巧，因为背景缺少色调或对比度变化。但如果这面墙上贴了很多海报，进行跟拍时就会形成令人激动的背景。简单地说，背景中颜色与对比度种类越多，跟拍的照片越引人注目。因此，除了注意那些跟拍机会，还要注意背景中的视觉兴趣。

数码技术与跟拍

我认为没有任何其他诠释运动的技巧比跟拍更能说明数码相机带来的福气了。正确跟拍是个挑战，不用说，在成功拍好一张之前你浪费了很多胶卷。由于昂贵的胶卷与冲洗费用，跟拍对于胶卷摄影师来说是个噩梦。一个学习我的网络课程的学生告诉我，"由于跟拍课程"，她丈夫在看到她学习这一课程时不知把多少胶卷都扔进了垃圾筐之后，跑出去给她买了一架数码单反相机。因为她还有6周的课要学，他认为她会扔掉更多的胶卷，而且"这些胶卷的费用肯定比买一架新数码单反相机还贵"。

你们还不知道吧，别的班的同学听说这个故事的时候，一些人还在用胶卷相机。他们决心把垃圾筐放在各自的爱人面前，然后就开始"呻吟"——"要是我有个数码相机……"当课程结束的时候，这批学员里没有一个人再用胶卷相机了！

满地的鲜花除了适宜于构成明显的花的图案，也可以成为跟拍时极好的背景。当我女儿从这样一片鲜花中跑过，庆祝久违的春天时，我迅速跟拍了很多张她的照片。我把光圈设定为f/22，在这样明亮的阴天用1/40秒曝光也很正确。

【35～70毫米镜头，光圈f/22，快门1/40秒】

运用快门速度绘画

直到不久前，下面这些还是摄影的"规则"：水平线要直，而且首先对焦要准确。要是摄影师故意手持相机（就是不用三脚架）用很慢的快门拍照，也不可想象。打破这一规则的人常被嘲笑，因为这样拍出的照片当然是对焦不准、模糊不清。

幸运的是，时代变了，我所说的"用慢速快门绘画"的想法得到了很多摄影师的欢迎。但与充满挑战性的跟拍不同，绘画的确是一项漫无目的的工作。然而，当各种条件都具备的时候，这种做法是非常值的。（你最近有没有打听过抽象艺术品的价格？自己创作一幅不仅便宜，而且由于你自己"画"了它，它就更值得了。）

用快门速度绘画是个简单的技巧，真的。难

在法国的圣特罗佩，将前景中的树枝与背景中朴实的阳台结合起来，这样很难拍出一张你想要的能印在明信片上的照片。但当你应用运动"绘画"技巧时，拍摄对象马上变成了"纯艺术的"抽象画。在手持相机曝光时，我只是把相机朝斜上方挥了一下。这一场景我拍了7次，这一张是我最喜欢的。

【80～200毫米变焦镜头，光圈f/22，快门1/4秒】

点在于找到合适的拍摄对象：它们必须色彩丰富、对比明显，有时必须具备很多图案——不能有人物（把人拍成条纹效果常常被认为是摄影师的错误，因为以这么抽象的方式看人会让人感觉不舒服）。一旦你觉得找到了合适的拍摄对象，只要设定一个可以用1/4秒或1/2秒快门速度的曝光值，就可以在按下快门的时候旋转、呈弧形挥动、轻摇或往回猛收相机，也可以上下、左右移动，或一圈圈地摇动相机。一眨眼——就画了一幅抽象画！

就像克劳德·莫奈用画笔和帆布作画时一样，花园也是摄影师用快门速度作画的首选对象。不过也不要忽视了其他图案，比如码头、水果蔬菜市场，甚至美式足球比赛时拥挤的看台。同样，你也可以考虑在低照度情况下作画，此时快门速度可以达到2～8秒——区别在于你必须慢慢运动而不是像前面说过的快速匆忙地摇动。拍摄结果可与艺术家用调色刀涂颜料的效果相媲美，因为这样的曝光时间能让图像一层层叠加起来。

报 春花与番红花是受人欢迎的春天标志，因为它们预示着温暖、晴朗的日子很快就要来到了。在手持相机曝光时，我只是镜头向下对着报春花围摇了一圈。当我发现这个圆周运动记录下了"一群飞翔着的彩色海鸥"时，我感到既惊奇又快乐。试验能够，而且经常能够证明是成功的。再说一下，数码摄影师永远不必为这种试验担心胶卷费用——因为根本就不产生费用！

【35～70毫米镜头，光圈f/22，快门1/4秒】

变焦

你 怎么才能让一个静止的对象"动起来"？那就是对它变焦！虽然现在市场上到处都有变焦镜头，但让我奇怪的是曝光时变焦的摄影技巧至今没有再流行起来。

用慢速快门如1/2秒或1秒制造这种效果更容易些，因为较慢的快门速度让你有更多的时间在曝光时改变镜头焦距。还有，除非拍摄对象在较暗的阴影中或低照度情况下，否则你需要一个3挡或4挡的中性滤光镜来降低进入镜头的光线强度。中性滤光镜的应用可以让你在使用更慢快门的同时保持正确的曝光。

经验告诉我，对于任何想变焦的构图，最好

从镜头所给的最大视角开始，然后朝长焦方向变焦。例如，如果你用的是17～35毫米变焦镜头，那就从17毫米开始，向35毫米变焦；如果用的是18～55毫米镜头，就从18毫米开始，朝55毫米变焦；要是用的是70～300毫米镜头，就从70毫米开始，向300毫米变焦。这种效果肯定会产生所期望的结果——但不练习是达不到的。开始的几次尝试不成功也不要灰心，记住我们数码摄影师的第一法则：你所拍的每张照片都是"免费的"，所以就尽管照吧！

我把装了17～35毫米镜头的相机固定在三脚架上，先对着船坞里的这块警告牌直接拍了一张。然后，我加装了一个偏光镜（它把光线降低了2挡），把光圈调到f/22，得到的正确曝光的快门速度是1/4秒。在按下快门的同时，我把镜头焦距从17毫米变到了35毫米，在这样的快速曝光过程中拍出一种爆炸效果。

【17～35毫米镜头，光圈f/22，快门1/4秒】

小贴士 **利用"翻看"功能**

无论你是凝固动作、隐含运动、跟拍、绘画还是变焦，利用一下"翻看"功能吧。事实上，创造性地使用快门速度拍摄充满运动的照片，是使用翻看功能的最好理由之一。什么是翻看？就是通过相机上的液晶显示屏马上观看你刚刚拍摄的照片。

据说察看刚拍摄照片的主意是在美国国家足球联盟去年秋天的一场比赛中诞生的，当时有人看到一名职业运动摄影师在比赛暂停时翻看照片。他对那些不成功的照片进行了编辑删除。有人就认为他可能会把一张只存有他最好作品的存储卡交给图像编辑，这样做当然是在"欺骗"，因为这样做会给人一种错误的印象，而不是真正发生的事。

对那些关心这些事的人来说，这种事听起来跟赛场上的不成熟行为一样。而对我来说，除非几个摄影师在进行一场幕后的比赛，要求每张照片，从好的到坏的，再到完全丑陋的都必须算数，否则我的原则就是边拍边编辑。这样做可达到两个有用的目的：（1）释放压缩闪存卡上的空间；（2）节省后期处理的时间，因为已经删除了明显照坏了的照片。

因此，我在这里宣布，如果不是参加那种所有照片都得算数的摄影比赛，我热烈拥护翻看功能，就像我爱喝无糖百事可乐一样——我近期是不会放弃这两种行为的。说了这么多，因为马上就看照片的诱惑大得难以抵挡，所以我建议你外出摄影时带上一块充满电的备用电池。即使实际摄影过程没把你的电池用完，通过液晶显示屏观看照片和在相机内编辑照片也肯定会把电耗完。如果你不带备用电池，那就买一个可以插在汽车点烟器上的110伏充电器吧，这样你就可以把电池插上充充电，而不用比原计划更早地结束摄影活动回家。

光线

光线的重要性

光线的重要性怎么强调都不过分。没有光，谁也看不到任何东西。从理论上讲，每个人都成了瞎子。是早晨的第一缕光线向我们多数人宣告了一天的开始，这同一缕光线也告诉了那些夜班工人他们一天的工作即将结束。对多数人来说，谚语"隧道尽头的光亮"意味着一段悲惨或困难时期的结束。光线的确对人的情感有着直接的影响，轻而易举地影响着我们的情绪。几乎每个人都有忧郁的时候，这种常见的抑郁类型与冬季及其较短的白昼有着极大的关系。

无论光线是强烈、柔和、耀眼还是散射，无论它是冷色还是暖色，也无论它像聚光灯那样直射，还是从侧面、背后、上面还是下面照射到我们身上——它在决定照片的印象方面可能起着最大的作用。当你用柔光为一位表情严肃的女士拍照时，你就把她的表情变温和了。当你用刺眼的光为一位生性谦恭、言语柔和的少年拍照时，你就可能把他拍得高傲、冷漠。这两人在看到照片时都会有理由跟你争吵，"嗨，那不是我。"光的特性及其制造的印象与被摄对象自己实际的表现形成了直接对比。类似的情况还有，如果你对在你花园里拍摄的白玫瑰特写很失望，那是可以理解的，因为那朵玫瑰实际上看上去带点淡蓝色。而光线在阴影中的"颜色"恰好也是这种颜色——蓝色。光线的特点就是——变化无常，并不总是跟它本来一样。

光线的另一个重要方面，后面我们要多讲一些，就是它的方向性。你还记不记得小时候在万圣节探访鬼屋的情形？你走在咯吱作响的走廊里，在一个拐角处突然看见一个丑陋吓人的家伙，当时他把一把手电筒放在下巴下面，让光照到脸上。恐惧主要是因为光线和光线照到"怪物"面部的角度。无论你拍摄人物还是风景、特写还是抽象照片，大部分构图都可能会涉及某种方向性的光：正面光、侧面光或背面光。

此外，另一种备受有经验的摄影师欢迎的光照条件是散射光，它与室内摄影师运用电子闪光灯和柔光箱制造出来的光线相似，可以让光线均匀地照射到被摄对象上。户外散射光对于拍摄人像、树林中的对象或者花的特写非常理想。

最后，所有的光线——无论是正面光、侧面光、背面光还是散射光——都会给被摄对象形成一种色调，依一天中时间的不同而有所区别。早晨的光线色调比中午的光线暖和，傍晚的光线（即将日落之前）色调更暖，而散射光线有时候呈"蓝色"。

在决定一幅照片的印象方面，光线可能起着最大的作用。

赛港是法国最繁忙的港口之一。把相机固定在三脚架上之后，我迫不及待地开始拍摄那些船只、房子以及港口上面远处的城堡——实际上，我太迫不及待了，以至于在我完全知道当时一大片云从头顶上经过并把太阳遮住的时候，我仍然对港口拍了好几张照片。你可以清楚地看到，照片上弥漫着一种蓝色调（上图）。这是港口处于阴天"大伞"下的直接结果，这和情况通常产生蓝色光。

不过，几分钟之内，这一大片云彩继续前移，整个场景被傍晚温暖的阳光所淹没。区别非常明显。两张照片中哪张照片更有魅力？很明显，是色调更温暖的那张。

【上图：80～200毫米镜头，光圈f/22，快门1/20秒；下图：80～200毫米镜头，光圈f/22，快门1/125秒】

正面光

正面光指的是什么？就是照到被摄对象正面的光。相机就好比是一个巨大的聚光灯，把它前面的任何事物都照亮。当然你的相机实际上做不到这一点，但太阳确实可以！对大多数摄影活动来说，你必须习惯于在被摄对象被正面照亮时拍摄，还要习惯于在早上很早以及下午较晚的时候拍照，这时候太阳相对于地平线的角度比较低（因此不像正午时的阳光那样刺眼）。对我们中的一些人来说，这意味着我们的睡眠会被打扰，或者晚饭被推迟。

不趁着太阳对地平线角度低的时候摄影常常会给照片带来麻烦，原因有很多，这倒不是因为

缺少暖色和宜人的光线。太阳那盏巨大的"聚光灯"不久就会升到高空，然而，当许多业余摄影师外出摄影的时候——在任何一个晴朗夏天的上午10点到下午4点——光线已经非常刺眼，没有任何真正的暖色，而且还会在人物对象的眼下产生"浣熊影"。正午光，就像这个名字一样，应该留给自己坐在泳池边把皮肤晒黑！

有经验的摄影师热情地谈论正面光时，他们最常指的是它的颜色：朝阳的金黄色和落日的橘黄色。这些色彩会为任何被摄对象带来温暖、激情、力量及情感，无论这个对象是人物、动物还是风景。

有经验的摄影师热情地谈论正面光时，他们最常指的是它的颜色：朝阳的金黄色和落日的橘黄色。

光线：人眼与相机

人眼可以同时看清光明与黑暗。用相机挡位来说，人眼可以看到并记录的光线强度范围达16挡。人们已知胶卷相机仅能看5挡的范围，而最先进的数码单反相机也只能看6挡。因此，当你想记录的光线范围超过6挡时，该怎么做呢？对同一个构图用几种不同的曝光组合拍摄——当然，要用三脚架——回家以后，用Photoshop把它们"混合"在一起（见146页）。

本图中的低角度正面光的暖色光照亮了我妻子凯茜全身，突出了站在罂粟花丛中的她那热情、诱人的表情。我把相机固定在单脚架上，把光圈调到f/5.6。因为她穿了白色的衣服，我就把相机对准她右侧的绿地调整快门速度，直至相机显示的曝光值为−2/3（比相机要求的正确曝光差2/3挡——译者注）。把被正面光照亮的草地的曝光值测定为−2/3能保证整体曝光正确，即使当白色占到整个画面大部分的时候也是这样（更多测光内容见82~83页）。

【80~200毫米镜头，光圈f/5.6】

侧面光

侧面光照到被摄对象的一侧，只照亮它的一部分，让其他部分处于"黑暗"之中。由于明暗对比制造了一种深度错觉，被摄对象就具有了一种三维的品质。结果，侧面光常常被认为是最具戏剧性的照明类型。被侧面光照亮的人物暗示着神秘与诡计、亲昵与诱惑，以及欺骗与尔虞我诈。

裸体像画家与摄影师都把侧面光作为首选，因为光与影的相互作用呈现和勾画着模特的形体。侧面光的另一种经典用法被好莱坞用到了极致：用侧面光照亮罪犯的面部。这种不祥的图像能让观众被潜藏在罪犯心里的难以名状的恐惧吓得打个冷颤。

侧面光也可以用来表现物体表面的花纹。照片中粗糙的手或布满皱纹的脸在被侧面光照亮时可以被更深切地"感觉"到。毫不奇怪，拍摄被侧面光照亮的物体的最佳时机仍然是清晨和傍晚。

物体表面被侧面光照亮时，其质感的强度能提高上百倍。连海岸沙滩上的脚印这么简单的东西，当被低角度傍晚落日的阳光照亮时，也给人一种栩栩如生的感觉。与正面光不同，低角度侧面光的另一个主要好处是，在构图时不用担心那条长长的影子。为了拍摄这张照片，我把相机固定在三脚架上，将光圈调节到f/8，利用光圈优先模式让相机自己选择快门速度。

在我拍摄这张照片时，我想起了一句俗语：奖励不在于你对旅程的计划中，而在于知道你已经上路之后。

【18~70毫米镜头，光圈f/8，快门1/180秒】

德国莱茵河与摩泽尔河畔是城堡爱好者的天堂，而一天中拍摄摩泽尔河畔Cochem城堡的最佳时间是被侧面光照亮的傍晚。阴影与暖色光可以构成一幅具有深度与广度的照片。

去年秋季的一天早晨，当我抵达摩泽尔河畔的时候，我很快失望地发现当地被笼罩在阴天的光线之中（上图），但当地人向我保证到中午就会天晴。当你发现自己面对"坏光"时，就利用这段时间搞一下侦察吧。我常说，坏光是进行侦察的好光。我马上出发沿着山边的葡萄园行走，寻找最佳拍摄点，一旦下午真出现了比较好的光线，我就可以从这个点上拍摄Cochem城堡了。非常幸运，光线终于来了，我拍摄城堡的愿望也的确达成了——很明显，傍晚的暖色光（下图）比那天早晨拍摄的色调较冷、颜色发蓝的照片有魅力多了。我把相机固定在三脚架上，对城堡后的葡萄园进行了测光，快门速度调到1/100秒时相机显示曝光正确。于是我又重新构思了你看到的这张照片，并拍摄了好几幅。

【80～200毫米镜头，光圈f/16，快门1/100秒】

被侧面光照亮的人物暗示着神秘与诡计、亲昵与诱惑，以及欺骗与尔虞我诈。

背面光

如果你仍不相信早晨和傍晚的光线最好，也许在讲背面光（又称逆光——译者注）时我还能改变你的主意。是背面光（当光线照到被摄对象的背面时）把很多被摄对象拍成了剪影。背面光总是让你伸手去拿太阳镜，或至少把眼遮起来。为什么呢？因为拍摄背面光照片时，你必须面对光源，而这意味着在大多数情况下你要面对的是太阳本身。

侧面光会把被摄对象的一部分隐藏在黑暗中，与侧面光不同，背面光能把整个被摄对象都隐藏在黑暗里。这样拍摄出来的剪影——无论是树、建筑还是人——都毫无细节可言。这种对被摄对象自身特点的剥夺也许能解释为何很多摄影师宁可不拍摄剪影照。没有了细节，照片也就没有了意义，他们的观点大概就是这样。我强烈反对这种观点！既然剪影确实已经把一个被摄对象减得只剩下一个方面——形状，那么以日出或日落为背景来表现这种形状就会产生令人非常满意的效果。地平线上孤立的橡树如果不是被它后面的旭日照亮，看上去就那不那么美。海滩上热烈拥抱的情侣的剪影会让我们所有人想到爱情与浪漫，因为情侣在照片中恰到好处地只表现为一个形状，让人们更容易地想象"那可能就是我们"。

摄影的成功跟玩彩票一样，运气占了很大的成分，而且你不玩就不可能赢。虽然那天日落前的一小时我出门拍摄期待中的日落时，脑子里什么也没有想，但我知道只要出去"到那里"，我就会有所发现。路边的一条沟里长满了野燕麦和各种杂草，非常适合我拍摄这幅背光照——落日余晖下孤独的羽毛。我把相机固定在三脚架上，调整好光圈，在用手动曝光模式测光的时候，我把相机对准羽毛左侧的天空调整快门速度——当然不能把太阳放进镜头——到1/400时显示曝光正确。于是重新构图并拍下了你看到的这张照片。

【70～300毫米镜头，光圈f/5.6，快门1/400秒】

小贴士 想在前面

不论我什么时候拍摄日出或日落，我总是要想一想以后我怎么把这张照片当成"数码三明治"来用，并按这个思路去构图。在拍摄下面这张照片时我就是这么做的，详细情况见122页。

谁不喜欢剪影？背面光是关键，当以日出或日落为背景构图时，强烈的背面光会把任何被摄对象都拍成剪影——如果你按明亮的背景设定曝光。这张落日照片色彩丰富的原因是由于空气中充满了当地森林大火造成的大量烟雾。烟雾是那么浓，任何滤光镜或"Photoshop技术"都制造不出这么鲜艳的颜色。我把相机固定在三脚架上，设定好光圈，按照太阳左侧的明亮天空测光，调整快门速度直至显示曝光正确，然后重新构图。

【80～400毫米镜头，光圈f/16，快门1/100秒】

被摄对象被背面光照亮而你又不想拍摄剪影时，该怎么办呢？如果被摄对象在某种程度上透明，受到背面光照射时，它就会"发光"，使相机不仅能拍到被摄对象的形状，就像拍摄被露水覆盖的小草那样，还能拍到某种奇妙的花纹。当我在路边停下来的时候，我很快就沉浸在了一个草上"挂满珍珠"的世界，找到无数拍摄特写的机会。

　　我把安装了70～180毫米微距镜头的相机固定在三脚架上，将光圈调节至f/11，将快门速度调节至1/125秒时相机显示曝光正确，于是我连拍了几张。跟拍摄大部分特写照片一样，这张照片也非常引人注目。我选择了一个与被摄对象平行的视角，因为在拍摄特写时镜头的景深已经非常浅。

【70～180毫米微距镜头，光圈f/11，快门1/125秒】

散射光

散射光柔和，阴影不明显。这种照明方式非常适用于面部，给人一种平静的感觉。它还可以把皱纹和其他皮肤缺陷减到最少。（当然，用Photoshop可以很容易地去掉甚至最小的丘疹和皱纹，但拍摄时用正面光及散射光修正这些问题更容易。）散射光也是很多自然摄影师选择的光线，这种光线几乎无影的特点也使得拍摄像瀑布这样的景色更容易，因为没有了反差。

用散射光摄影时，没有比确定曝光值更容易的了。不论是拍肖像、花朵还是秋季森林地面上的落叶，照片各处的照明都是一样的。因此拍摄散射光场景只需构图、对焦和拍摄就行了，不存在干扰测光表的明亮高光和较暗的阴影。

不过不要弄混了，当天空中布满厚雨云的时候出现的光线条件并不是散射光。在散射光条件下抬头看天，你应该仍然可以看到较薄的云层后面的太阳。如果你抬头看天但看不到太阳的位置，那么你就是在即将来临的暴风雨的乌云下拍摄。

还有，阴影下的光也不是散射光，它只不过是一片区域，正常情况下太阳可以照到这里，但现在只是被一个建筑、树或其他物体挡住了而已。很多婚纱摄影师无意中发现，开放式阴影区的光线是目前最蓝的，无论哪个新娘都不喜欢看见自己穿着蓝色的婚纱。这种蓝色污染着所有东西——有些较重，有些较轻——最引人注目的是白色和其他浅淡色。如果你仍然在寻找借口把白平衡设置从自动改为阴天，那么这种光照条件就是一个很好的借口。

我为一家墨西哥金矿公司摄影的任务之一，是为附近一所学校的许多孩子拍照。金矿向学校捐助了相当多的钱用于购买书本和补给，而且又支付了一项新的开支，他们希望在年报里就此引起股东们的注意。教室两侧的8个大窗户为教室内提供了明亮而柔和的光线，让我的工作也更容易了，因为室内光线强度也是相对均匀的。我把相机固定在三脚架上，把光圈调到f/5.6，我只是瞄准、对焦，然后拍照，让相机的光圈优先模式去选择快门速度。

【80～200毫米镜头，光圈f/5.6，快门1/60秒】

如果附近有露天市场，头顶上也是散射光，那就拿起摄影装备和三脚架去"采购"吧。市场的色彩和精彩的图案使其成为最让我流连的场所之一。我敢说市场上有些小贩拥有色彩理论方面的专业学位，或至少有着美术设计的背景，否则你怎么解释他们对水果蔬菜排列和展示的那种非常艺术化、色彩化的手法？

通常我去市场的时候都是轻装简行，只带上相机和18～70毫米f/2.8尼科尔（Nikkor）镜头。这种镜头不仅视角够宽，可以拍一些特定照片，而且因为它有适当的远摄功能，当需要更近的特写镜头时可以轻易地拉近被摄对象。为了拍摄上面的这堆草莓，我使用了三脚架，并把光圈设定为f/8。由于光线强度平均，使用光圈优先模式没有任何问题，让相机为我选择快门速度。

关于拍摄露天市场还有一点：你拍摄的大多数照片（如果不是所有照片）都可以直接贴到厨房的墙上。如果你还在为厨房寻找一些易拍而且引人注目的图片，那就去露天市场吧。

【上图：18～70毫米镜头，光圈f/8，快门1/180秒；左图：18～55毫米镜头，光圈f/11，快门1/90秒】

薄暮与低照度光

前面说过，噪点通常与感光度有关，感光度的值越高，照片上出现的噪点或颗粒越多。目前可以这么说，除了使用更低的感光度值，没有其他的办法能解决噪点问题。（但是，在本书22~25页可以找到一些通过电脑解决噪点问题的办法。）

噪点与照片质量密切相关，照片上的噪点越多，照片的清晰度就越低。照片的整体色彩也受影响，整个照片看上去像扎满了针眼。

产生噪点的另一个原因是长时间曝光。它会导致图像传感器的曝光能力"崩溃"。由于缺少更好的描述方法，它就好比像素家庭无法长时间对淹没了它们房子的图像"集中精力"，于是它们就轻易地分崩离析，而且精神崩溃了。结果就是：噪点。

那么我所说的"长时间曝光"是指什么呢？我发现在曝光时间超过8秒时噪点就相当明显。从很大程度上说，这一问题对大部分摄影师来说影响甚微，因为大部分摄影师（无论是胶卷还是数码）都不会让自己摄影的曝光时间长达8秒。最主要的原因有三点：（1）缺少动机，因为"在低照度下没有那么多的东西要拍"（顺便说一下，事实并非如此）；（2）对如何设定曝光没把握；（3）在多数情况下，需要用三脚架。

不过，如果你想找个有力的理由使用相机上的手动曝光模式，可以这样试一下：薄暮时拿起三脚架，站在房屋外面，房子里只留几盏灯。如果你住的是公寓，就在周围找一个如此照明的房子。在确定使用什么镜头之后——不管你面朝什么方向——把相机固定在三脚架上，把光圈调节到f/11，将相机向上对准房屋上面傍晚的天空，让天空占据相机取景框内80%的面积。调节快门速度，直至相机测光表显示曝光正确，就把快门速度定在那里。重新对你的房屋场景构图，然后拍照。如果我的直觉不错，从这一晚开始的许多个晚上，你会把"必须看电视"变成"必须去拍照"。

不能因为这张照片里没有天空，就认为我在拍
摄法国里昂的这张风景照时没用天空来设定
曝光值。我把相机固定在三脚架上，设定了焦距
（35毫米）和光圈（f/8，因为当所有景物在同一
焦距上——本照片为无限远——的时候，"谁在
乎"我用什么光圈呢？），然后把相机对准远处地
平线上朦胧的蓝天进行测光。我调节快门速度直至
4秒时显示曝光正确，于是重新构图。我用相机上
的自拍器释放快门，连续拍了好几张。

【35～70毫米镜头，设定在35毫米，光圈f/8，快
门4秒】

太阳即将落山之前，最后一缕阳光与那种朦胧、多
彩的光线交织在一起。也就是在这个时候光线才
有魔力，你总能拍出具有视觉冲击力的照片——总能！
在薄暮时分，自然光线与人造光线"在同一页上"，因
此你不必担心高光区会过度。例如在这张照片里，这两
盏钨丝安全灯（在一个油轮甲板的楼梯上方）与落日的
曝光"相同"。

【17～55毫米镜头，光圈f/16，快门1/4秒】

从太阳落山后15分钟算起，有大约10分钟的时间，微暗的蓝天的曝光值与天空下城市风光的曝光值完全相同。短暂的10分钟窗口期之后，天空开始变黑，黑色的天空就成了多数摄影师拍摄的终点，无数参加"城市夜景"摄影比赛的选手都证明了这一点。认真地讲，夜晚摄影的不利方面在于构图，因为黑色的天空不能提供将它本身与照片中其他物体区分开来的对比度和颜色。要明白我说的意思，看一下纽约时代广场的这三张照片吧。

现在太流行拍摄时代广场了，聪明的必须在傍晚前30分钟占据你的位置（也就是人行道上的某个位置）。当华灯初上、天空变蓝的时候，你有几个选择。如果你没带三脚架，或者你根本没有三脚架，你仍然可以很容易地手持相机，用ISO 640拍摄，上图就是这样一个例子。我手持相机对准城市上方微暗的蓝天测光，这样拍出的照片"凝固"了运动中的汽车。而且，天空与高楼之间仍然有着明显的区别。

不过，我更喜欢拍摄把所有运动都捕捉到的城市景色。这涉及到使用尽可能长的曝光时间。考虑到当代数码技术和相关的噪点因素，8秒大概是可以成功摄影的最长曝光时间。这时间当然足够了——如果从一辆汽车以最高速度穿过场景时开始曝光。因此在我拍摄了上图5分钟之后，我把相机和镜头固定在三脚架上，设定感光度值和光圈，并再次将镜头对准城市上空微暗的蓝天进行测光。我调整快门速度，到4秒时相机显示曝光正确，于是我又重新构图。正如红色尾灯线所表明的那样，我可以记录下城市汽车的运动情况（右上图）。我确信你会注意到本图中天空更暗了些，这是因为在拍摄完上图之后，为拍这张照片进行设置时"丢失"了几分钟时间。不过尽管天空中的光线在流失，天空与周围楼群仍有足够的反差，避免了那种烦人的融合。

最后，作为一个例子用来证明为什么不宜在短暂的暗蓝色天空窗口消失后拍摄城市风景，看一下10分钟后拍摄的最后一张照片（右下图）。楼群与天空几乎没有了那种反差，从效果上看，照片里有很多地方正"融合"在一起。

【上图：12～24毫米镜头，ISO 640，光圈f/8，快门1/30秒；右上图：12～24毫米镜头，ISO 100，光圈f/22，快门4秒；右下图：12～24毫米镜头，光圈f/16，快门4秒】

测光

在我的现场讨论会上，问得最多的问题之一是：你怎么为照片测光？不论被摄对象是什么，答案永远不会只有一个。对大多数摄影师来说，找到被摄对象比较容易，而难点似乎在于不知道怎么测光。

好消息是如今的数码单反相机实在是一个令人惊奇的机器，最能体现这一点的是它能够为整个场景测光。尼康仍然处于这场革命的前沿，而这场革命的开端则始于几年前该公司引入的矩阵测光技术。矩阵测光现在已经成为数码产业的标准，而这一切成为可能要归功于一块电脑芯片。

在尼康的这个案例中，他们根据100多万张拍摄条件各异但曝光正确的照片编制成一块芯片，这些照片来自世界各地，拍摄于室内及室外各种可能的照明和天气条件之下。照片主题涉及特写、风景、抽象、工业、自然风光等，当然，还有人。因此现在把尼康相机设定为矩阵测光模式，出门到你家花园里对着那朵红玫瑰拍照吧。装好微距近摄镜头，由于你希望景深越大越好，因此你选择了光圈f/32。把相机设定为光圈优先模式，你就可以让矩阵测光模式计算正确的快门速度，你知道相机以前见过在这种确切的光照条件下的玫瑰。毫无疑问，如果看一下液晶屏，你就会看到一朵曝光完美的玫瑰。曝光没有比这更容易的了！

这是不是意味着傻瓜式曝光时代终于来临了？不全是，有两个原因能说明为何曝光永远不可能成为傻瓜式：第一，就像计算机一样，系统内始终会偶尔存在"缺陷"，也就是说，始终会有一些能欺骗矩阵式测光表的场景，这时候，我就会依靠手动曝光设置（见84～85页）。第二，可能是最重要的一点，矩阵式测光不知道你何时需要大景深，何时需要小景深，也不知道你是想隐含运动、跟拍还是凝固动作，这些决定必须由你来做出。大多数有洞察力的专业摄影师在拍摄这种照片时都用相机的手动曝光模式。

澄清一下，我不是建议大家摄影时再回到手动曝光模式，而放着数码单反相机的先进技术不用。实际上我是建议在大多数情况下，我们都可以安全地使用光圈优先模式。这是在需要关注景深的时候使用的模式。而当你主要关心快门速度的时候，快门优先模式同样也会让你对自己的曝光放心。跟其他有经验的专业摄影师一样，我也被矩阵式测光的许诺吓得要死。长久以来我一直使用手动曝光模式，用中心重点测光，任何其他曝光模式和测光方式都觉得不安全、不可靠，包括矩阵式测光，尽管它宣称了很多东西。

只是在最近，在过去的6个月里，我才对矩阵式测光进行了试验。我让自己用光圈优先模式自由拍摄，拍摄结果让我真正有了一种被解放的感觉。本书中的许多照片都是用光圈优先模式拍摄的，这对我来说，是我跨过的最大的摄影里程碑之一。

为什么不直接用自动曝光模式

这里我想暂时离开测光的话题，说说我最常听到的一个问题：为什么不用全自动曝光模式（又称程序曝光模式）拍照，然后通过相机液晶屏上的柱状图审查照片呢？这一问题的想法是，如果柱状图显示曝光不对，你可以通过相机上的"＋"或"－"控制键进行调整，然后重新拍照。

虽然这一问题可以这样问，但它没有考虑到创造性曝光艺术所涉及的那么多的其他变量。首先，在程序曝光模式中，对景深或快门速度没有得到真正的控制。我完全了解一些相机上提供的最新功能，诸如程序风景模式、程序动作模式和程序特写模式等。这些功能，尽管有各种的意图和目的，都只不过是为拍摄一些风景、动作场面和特写而预设的使用面较窄的曝光参数而已，这里的关键词是一些，而不是全部！

落入这些摄影模式圈套的学生很快就发现，这些曝光模式缺乏一致性。柱状图只不过是高光区与阴影区的相对数量值记录，与曝光的创新值没有任何关系。节省点时间，少点麻烦，把柱状图关掉吧。如果必要，去买一副眼镜，这样你就能在显示屏上把自己所希望的创造性曝光看得更清楚了。

在曝光方面你能给自己的最佳礼物，就是教自己学会如何使用相机的手动曝光模式，并在那些"困难"的曝光条件下应用手动曝光模式。除此之外，用半自动模式摄影也是个好主意，因为它省时，但无论是使用光圈优先还是快门优先模式，必须让你能够完全创造性地曝光。

而且，老是用自动曝光模式摄影，也是因为没有考虑到摄影的另外一个重要因素：这就是亨利·卡蒂埃－布列松所称的决定性时刻。在你观看显示屏、审查柱状图并进行你认为必要的任何

调整的那一刻，眼前的被摄对象要么已经转身离开，要么已经从事其他活动，要么消失了。设想一头雄麋鹿正好背对着你，或者你1岁的女儿厌倦了初次学步，转而坐下来玩玩具，或者正在你瞄准的那朵花上授粉的蜜蜂飞到了另一朵花上的情况，上述所有的这些"决定性时刻"都已经消逝。

在强背面光和运动场景中，柱状图能怎么帮你？它帮不上忙！如果这一困难曝光失败，你会怎么做？难道让这些孩子（你并不认识他们）以完全相同的方式从喷泉上再跑一次，就像第一次你想抓拍时那样？

最具逻辑性的步骤，是学会如何"读懂"困难曝光。在为剪影效果的背面光测光时，我总是测量太阳左侧、右侧或上面天空的读数——以手动的方式。在设置好光圈并从太阳右侧的天空测得读数之后（手持相机），我就调整快门速度。在接下来的5分钟里，我会对那些在喷泉里玩"追人游戏"的孩子拍很多照片。

【12～24毫米镜头，光圈f/16，快门1/320秒】

背光人像

我已经比以前更加热情地接受和信任尼康的矩阵式测光了。你可能已经注意到了，我在82页提到过，本书的一些照片是用光圈优先模式（我选择光圈，相机/测光表选择快门速度）拍摄的。即使我对手动测光的依赖已经减少，我发现当面对"困难"曝光场景时我仍然需要用手动曝光模式测光。

这些曝光并不难，只是因为我不能确定需要多大或多小的景深，或者是因为我决定不了自己应该凝固还是隐含运动，不过，由于光线的原因，它们却又很困难！有时候，尽管自己有矩阵式测光或称五点测光技术，但测光表仍然会被愚弄，使得拍出的照片要么太亮，要么太黑。又要

说了，如果照坏了，Photoshop可以帮忙。可话又说回来，我必须问问自己，为什么不把照片在相机里就照好，而花那么多的时间用Photoshop来修改它呢？

"困难"曝光的一个经典例子是背光人像。如果你知道应该从哪里测光并会使用反射器，就能拍出效果强烈且充满感情的背光人像照片。当人物处于背光条件下时，头发边缘会被照亮，这种暖色光常常给人的面容增添温暖健康的感觉。拍摄室外背光人像必须在太阳处于低角度时进行，要么在清晨，要么在傍晚。在拍摄背光人像时，一个危险之处在于测光表可能会被头发周围的亮边欺骗，从而给出错误的测光表读数。

在上图中你可以看到，在相机设置为光圈优先模式、光圈为f/5.6的时候，测光表给出的曝光值（快门速度1/500秒）对背面光来说是正确的，但面部却太黑了，光线差了2挡。我承认，由于我是用raw格式拍摄的，我可以在后期处理时很容易地为面部增加2挡光，但我还必须用Photoshop中的遮罩工具，确保只有面部为"活动"区域，这样在增加2挡亮度的时候，不会把被光照亮的头发边缘也过度地增亮2挡。为了修正这一问题，我在Photoshop上至少要花大约10分钟时间。为什么不选择使用反射器呢？

在为背光对象摄影时我有时候用反射器，在拍摄背光人像时尤其要用。反射器是紧绷在一个可折叠金属圈上的一片高反射率圆形织物。这片织物要么是有光泽的金色，要么是发亮的银色，要么干脆只是一种白色材料，尺寸为直径1~3英尺（0.30~0.91米）。把反射器对准光源（在户外大多数情况下是太阳）时，它就充当了一面模糊的镜子，把很多光线反射到被摄对象身上。在这里，我妻子手持一个18英寸（0.46米）的反射器，将其金箔面对着西方的天空和太阳（下图）。金色的光"反弹"到她的脸上，我的相机仍然是刚才的设置，于是又拍了一张。你可以看到，通过反射器增加的补光使面部的曝光正确了（左图）。

【所有照片：光圈f/5.6，快门1/500秒】

背光人像照片中经常照亮头发边缘的暖色光让人的面部看上去温暖而健康。

背光自然景物

拍摄背面光条件下的花时，我有时候用反射器。没有反射器的时候，要让背光的花瓣和花中心的曝光都能让人接受是个挑战。对于背光的风景，我经常使用中灰渐变镜。目前市场上没有任何一款相机能通过一次曝光就能把背光场景中大范围的明暗都记录下来。在"从前"，摄影师只能苦笑并忍着，心里十分清楚要把前景变亮，最好的做法就是把背面光过度曝光。

后来就有人想出了制作滤光镜的绝妙主意，把滤光镜放在镜头前，就会把被背面光照亮的天空的曝光值降低几挡，使被背面光照亮的区域的曝光更接近前景区域的曝光。中灰渐变镜已经出现了至少十年，以前的做法都成了历史。尽管像我讲过的那样，Photoshop承诺可以纠正背光曝光，但我仍然相信，如果我能在相机里纠正某些东西，那我就会在相机里做——因为它能节省我的时间！

在这张照片里我没用反射器，对花瓣的曝光还可以接受，因为花瓣是有点透明的。但注意花中心却是黑的，仅仅是因为花中心不透明，对花中心的曝光时间就比被背面光照亮的花瓣的曝光时间要长得多。

解决办法就是用金色反射器为花中心增加补光。高举反射器，当然不要让它进入画面，向花中心反射必需的阳光。只是一刹那，区别就很明显。

【两张照片：80～200毫米镜头，光圈f/8，快门1/200秒】

没使用中灰渐变镜

如果你为一个背光风景设置好曝光又不想让前景太黑，你会怎么做？你就会伸手去拿中灰渐变镜。我把相机固定在三脚架上，选择了一个很低的角度来表现沙滩的质地，因为我想拍一张叙事性照片（具有很多细节，全图清晰），就把光圈设置为f/22。测光时，我把相机朝下对准沙滩，调节快门速度至1/8秒时测光表显示曝光正确。于是我重新构图，把落日包括进来。这时，测光表显示正确的快门速度应该是1/125秒，但我不管这个读数，而是在镜头上加了一个4挡中灰渐变镜。我把滤光镜从镜头前的插槽内插入，直至镜片的高密度区盖住了画面中地平线以上的区域。

我现在要做的只是按下快门（此时光圈为f/22，快门速度1/8秒），我知道自己对前景以及远处太阳和地平线的曝光都会是正确的。没有滤光镜，太阳和天空的曝光就都过度了。

【12～24毫米镜头，光圈f/22，快门1/8秒】

使用了中灰渐变镜

有时Photoshop可以帮忙

当你面对极端曝光差异，任何曝光技巧都无济于事的时候，Photoshop可以有效地起作用。例如，Photoshop可以有效地用做中灰渐变镜，当你想同时记录阴影区和高光区的细节时，它也可以来救你（详见146～147页）。

构图

填满画面

可能将来有一天，相机可以自动进行创意性正确曝光设置，但我仍无法想象有一天相机能告诉你哪个视角最好。在摄影艺术中有两个永远不变的部分："观察"与构图。任何技术都无法取代二者之一。不过好消息是，你可以学习这两门艺术——构图和如何去"观察"。

摄影构图部分地以顺序和结构为基础。每张杰出照片的成功在很大程度上都取决于其构图方式，从本质上说，就是各种元素的排列方式。就

像任何好故事和好歌，一个动人作品的形成涉及好几种因素的组合。你可以让主要对象相对于整个环境来说看上去又小又远，你也可以选择用足球场上观众的脸或者货架上的那一箱樱桃填满整个画面，从边到边，从上到下。你可以构思一个带背景的画面，让背景补充主体，或者让背景与主体形成对比。你可以改变视角，从手的高度或膝盖的高度拍摄，或者从上向下拍摄。你可以选择水平、垂直甚至斜线式构图。

另外，你还可以利用每个成功构图都必须具

备的两个特征：表现力与均衡。表现力是指图中各元素的相互作用，它影响观众的情感；均衡是指组织视觉元素并能防止观众对摄影师的意图或意思进行错误理解。

说到这里我想起了最简单的构图技巧：填满画面。如果你并非一个热爱风景的人，而偏爱生活中隐藏的细节，或者喜爱拍摄人的照片，可能折磨你和你的最终构图的首要问题是，不能够用被摄对象填满画面。我把这个问题比做买咖啡，你期望得到一满杯，如果你只得到半杯，你就会感觉被骗了。观众看到你的照片可能会有同样的感觉，被摄对象周围那些空白区域让观众觉得缺了什么东西。确实是缺了什么东西——那就是冲击力！

如果你不想让自己的照片引起人们的注意，那就这样做：离你的拍摄对象再远点，不要尽可能近地对焦，不要把你的远摄镜头尽量地拉远，无论如何，在拍摄叙事性照片时不要把相机降低到膝盖那么高。相反，如果你想创作具有冲击力的填满画面的照片，就反着做。

在我的构图课上，我要求每个学生选择一个大家都熟悉的被摄对象——人、球、一杯咖啡、一朵花等等，然后指导学生用这个对象填满画面。这个练习很简单，但却具有令人惊奇的表现力。填满画面揭示了获得冲击力有多容易。看看这幅照片，在拍摄“人像”照片时通常的想法可能不会把额头及耳朵都略掉，但创造性照片从来都不遵从普通思维。我女儿克洛伊当时坐在沙发上，我拿着相机（设置为光圈优先模式）走到她背后，让她抬头看我，趁这工夫我拍了几张。

【70～180毫米尼科尔微距镜头，设定在100毫米，光圈f/5.6，快门1/90秒】

小贴士

利用液晶显示屏（LCD）

让我们面对一个问题，如果你的数码单反相机的机身背后没有显示屏，你当时还会买它吗？正是这一小块能够即时反馈的液晶显示屏一次次激起了这么多摄影爱好者的热情。然而，尽管有了这块发明之母，许多摄影师的构图仍然不成功，仍然不能拍摄出具有冲击力的照片。

解决之道在哪？用LCD自己检查一下。如果目的是靠得更近，尤其是在拍摄人像时（无论是正式还是非正式），那就在某种程度上“一直到边”填满画面。一定要至少拍摄一张切掉了人物额头甚至两只耳朵的照片。然后看看LCD显示屏，检查是否确实靠得更近并获得了你所追求的那种冲击力。当你把构图紧凑的照片与不紧凑的照片进行对比时，你多半会更偏爱近照。

被摄对象周围那些空白区域让观众觉得缺了什么东西。

你愿意把这两张照片中的哪一张挂在墙上展示？如果你跟大多数人一样，你会选择上面这一张。它更令人满意。我们在有选择机会的时候，都会在看戏的时候选择前排座位，因为那里有希望看到和听到所有的东西。

在构图并拍照之后，看一下液晶显示屏然后问自己，当我把这张照片与朋友分享时，他们会觉得自己坐上了前排座位，还是坐上了必须努力去看才能明白的后排座位？一般来说，如果你的被摄对象没有接触或者至少非常靠近LCD的边，你已经把你的观众放到后面的包厢里了。

学会如何填满画面

要克服不能填满画面的问题，一个最好的练习是拿上相机和三脚架出门，其他什么也不拍，用一个星期的时间只拍字母和数字。你这样做会发生几件事：（1）你会"看到"你以前从来没有注意到的字母和数字，这一发现无疑也会让你发现其他你以前没有注意到的事物；（2）在你努力用一个数字或字母填满画面的时候，你会发现靠近被摄对象更近的各种方法，例如换镜头、走近、躺下或爬上楼梯等等。

特别注意只拍摄那些具有鲜明特点或色彩的字母或数字，并确保你用它们填满了画面。你从哪里开始寻找呢？古董店是很好的去处，废物堆也行；还可以搜寻旧标牌、涂鸦、港口（到处都是船名），甚至工业厂区。

你可能会发现你找到的某些字母或数字比其他字母和数字多。字母"K"一直是乔治·伊斯曼最喜爱的字母，他说，"K"看上去像是那种强烈而深刻的字母。不用奇怪，"Kodak"（柯达）这个名字是尝试了很多种字母组合才得来的，以"K"开头并以"K"结尾。

当我在废物堆上看到一个旧刻度盘的时候，我支起三脚架把上面所有的数字挨个拍了下来。我最喜欢的是"4"，可能我跟乔治·伊斯曼的感觉一样，我觉得"4"也是一个强烈而且深刻的数字。在这个废物堆旁边，我看到一个锈迹斑斑的汽车牌照，不久我的照片画面就被一个高傲、再稳定不过的"H"占据了。

我最近最喜欢的发现之一是字母"S"，我是在一个停车场中间一个旧金山市的水表盖上看到它的。我马上构思出这个不仅包括字母"S"，还包括它上面和下面的弧线的照片，这两根弧线对画面进行了有趣的水平分割。

【左图：70~180毫米镜头，光圈f/11，快门1/200秒；中图：70~180毫米镜头，光圈f/11，快门1/320秒；右图：70~180毫米镜头，光圈f/11，快门1/45秒】

在佛蒙特当地一个水果蔬菜摊边上，我马上就发现了靠在柱子上的一根玉米棒。乍一看，这张照片好像用玉米填满了画面（上图），但跟第二张（右图）相比，很明显它没有最大限度地填满画面。老实说，填满画面并不难，多数情况下，只需要再向前靠近一点，或者把你的变焦镜头的焦距再拉远一点。向前迈这一小步得到的回报常常可能是巨大的。

【两张照片：70~180毫米尼科尔变焦镜头，光圈f/11，快门1/30秒】

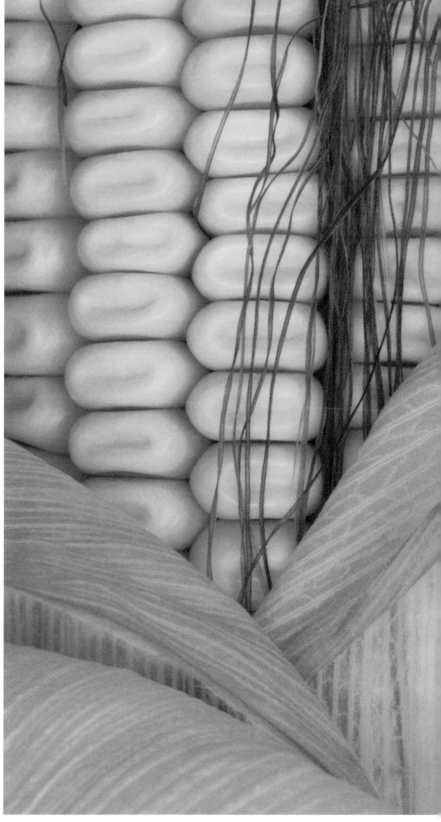

学会观察线条、花纹、形状、图案和颜色能进一步提高对周围摄影机会的认知程度。我经常只是让我的学生关注花纹或图案，这是个好办法，可以让学生发现填满画面有多容易以及多么重要。无论你是关注花纹还是图案，一定要"将信息传达"到照片的四个角上。这种照片具有冲击力，无论主题是什么，原因很简单：这是有效构图。

说到线条、形状、花纹、图案和颜色，坦帕市中心有大量的摄影素材。这个雕塑是线条与图案的很好例证。在发现一个确实能填满画面的构图后，我使用三脚架，选择了光圈优先模式，用f/32以获得最大景深。

【70～200毫米镜头，光圈f/32，快门1/15秒】

背景

几年来，我在BetterPhoto.com网站上有幸批阅了参加在线课程的学生们拍摄的上万张照片。每个星期，学生们把他们的照片上传到网站，我从中选出一周内最好的3张照片。尽管每周批改200多张照片的任务看上去很繁重，但这项工作实际上既令人鼓舞又给人启迪。每个星期我都能看到一些真正杰出的照片，从未间断过，这些照片让我大笑、微笑，有时候甚至哭泣，它们让我停下来，审视、感受！

尽管我希望我批阅的每张照片都能达到这个标准，不幸的是，情况并非如此。很多照片没有达到他们的目标，他们应该做得更好一些。如果照片不是因为被摄对象没有填满画面而达不到要求，那就是因为第二个最常见的构图问题：分散注意力的背景。

侦探会问："他有何背景？"雇主也会说："告诉我你以前的从业经历。"医生会说："告诉我你的病史。"日常生活中"核查"背景是一种规范——但在婚姻和摄影构图中除外！如果配偶一方或另一方首先进行一次彻底的背景核查，

圈的那朵花显示了被摄对象所在的环境。注意背景中那片很好的暗色阴影（箭头所指的位置），由于我要在阳光下为这朵花曝光，我知道阴影会很容易被拍成黑色，与花朵形成鲜明的对比。

但是，在拍第一张的时候，由于仓促，我不小心把画面分成了两部分，黑色阴影和灰色人行道（右上图）。没有比这种50/50的分法更让人眼睛迷惑的了。而且，周围那些叶子也使背景显得杂乱，分散人的注意力。本例中一个问题（未能用主要对象填满画面）导致了另一个问题（不成功而且混乱的背景）。在慢下来并且真正从取景器里看清之后，我走近花朵，并对视角进行了一些调整（把相机向上倾斜，去掉背景中的人行道）。

【下图：80～200毫米镜头，光圈f/5.6，快门1/320秒】

有多少夫妻可以走上结婚的圣坛呢？噢，对了，我忘记了，爱是盲目的。而这同样的盲目妨碍着很多摄影师拍出真正伟大的照片。业余摄影师常常被取景器内的内容所吸引，同时也被被摄对象的热情迷住了双眼，以致于他们就不去看——更别说去想了——他们构图的背景里发生了什么。他们看不到背景的问题，即便在看LCD的时候也看不到——甚至在电脑上对照片进行处理时也是这样。

什么会给背景添麻烦？有几个因素：有时候可能是用错了光圈（造成景深太大）、没注意光线（造成明暗对比太强）或是视角错误（造成电线杆从你女儿的头上伸出来），还有就是背景中有不和谐的色调或形状，对处于焦点上的对象形成干扰性对比（例如背景中模糊的紫色花就对它前面的红色郁金香构成了干扰性色调对比）。因此在进行曝光前你要注意构图中的背景。

如果想向朋友们展示女儿玩乐时的照片，把秋千架、地面和远处的山脉都包括进来就极有意义。有时你也许想制造一种空间、距离和可能存在危险的感觉，只要改变一下视角，用同样的镜头再靠近一些，当秋千到达最高点而且背景中只有山脉时拍照就行了。我手持相机（是的，我确实偶尔不用三脚架摄影），把光圈设为f/11，当把快门速度调节到1/320秒时显示曝光正确。

由于此次陆上旅行孩子的妈妈没有来，所以后来当我与妻子分享这张照片时我必须作一些解释。我拍摄许多"前照"（即正式拍摄前连同环境一起拍的照片——译者注）的理由是帮助学生"看"，这张"前照"也帮助我妻子看到，任何时候我女儿都不会有危险。

【左图：12～24毫米镜头，光圈f/11，快门1/320秒】

故意"合并"

在有些场合，你想故意把孤立的元素合并起来，有时是为了幽默，有时是为了抽象。成功"合并"的目标是制造一种暂时的迷失感。

在瑞士执行一次商业任务的间隙，艺术指导爱德华和我一起沿着日内瓦湖边散步。不久我就被湖中喷泉吸引了，我要求爱德华在相机前摆个姿势，把嘴唇撅起来，使人看起来像从他的嘴里吹出来一个水柱。把相机固定在三脚架上，我用光圈优先模式拍了好几张。

【80～200毫米镜头，光圈f/22，快门1/30秒】

玫瑰塔是法国里昂最著名的地标之一，但它很隐蔽。白天它向公众开放，但日落后它就成了私人财产。我一直想在夜间拍摄玫瑰塔，但一直没有勇气向一户居民开口，他家的阳台能够提供观赏玫瑰塔的最佳视角。实际上，在那一家的门口立着一个很显眼的牌子，上面写着：请勿要求从我家阳台上拍照。是的，连我也被吓着了。但在向一位熟人表达了自己希望在傍晚拍摄该塔的愿望之后，第二天他就告诉我"一切都安排好了"。

第二天傍晚我很快就沉浸在了对玫瑰塔的拍摄之中，由于这可能是我唯一的机会从这一有利的角度拍摄该塔，我既兴奋又紧张——从照片上可以看到。一开始，由于视角和镜头选择不对，构图总存在"合并"问题。注意前景中的灯柱与背景中的塔是如何合并在一起的。我试着向左右移动，但只有当我更靠近灯柱、把相机向上倾斜，并把镜头焦距从28毫米换成20毫米之后，我才最终达到希望的效果，把前景与背景分开。这两张照片的曝光值相同：光圈f/16，曝光时间2秒，当然要使用三脚架。我是从上方微暗的蓝天上测得读数的。

【上图：17～55毫米镜头，设定在28毫米，曝光时间2秒；右图：17～55毫米镜头，设定在20毫米，光圈f/16，曝光时间2秒】

三分律

体育运动中，很多比赛不允许以平局结束。橄榄球、篮球、棒球、足球和高尔夫球都必须宣布一个胜者，因此需要进行加时赛或者加局赛等等，直至有一方被宣布胜出。为什么要这样？它与无力决断以及由此引起的紧张形势有关。也就是说，有人必须被宣布为胜者，大脑才能放松。

在照片中，眼睛对于那种平分构图会作出同样的反应。对于那种一半天空、一半风景，又称50/50构图的照片，眼睛可以清楚地看到并感受到那种无力决断的情况。眼睛感觉到那种负面的紧张感，并迅速以令人不快的反应作为回应。它要求宣布出一个"胜者"。

古希腊人是最早知道这一心理现象的人，并提出一个经过证实的艺术构图规律，称为希腊定律。这条在艺术界被称为三分律的希腊定律，以其最简单的形式要求把图像的构图区域在水平方向和垂直方向上等分成三部分，帮助安排被摄对象在照片中的位置。在风景构图中，这常常意味着故意把地平线放在画面上方或下方的三分之一附近。一般来说，如果视觉兴趣大部分在地平线以上，那么地平线应该出现在靠近画面下方三分之一处；如果视觉兴趣大部分位于地平线以下，那么地平线应该位于画面上方三分之一处。从效果上说，两种构图方式的视觉重心都明显说明一个问题：上方的天空与下面的风景之间有一个"胜者"。

一些数码单反相机上有一个最令人惊奇、最受欢迎而又有些迟到的功能，就是构图网格。只要按一个键，构图网格就会出现在取景器里。从各方面看，它都是三分律网格。并非所有相机都具备这一功能，如果你的相机具备，就应该一直打开这一功能。这一网格对创作引人注目的构图有着巨大的帮助，特别是在拍摄自然风景和城市风景时，能帮你将地平线安置在画面上方或下方三分之一处，并保持水平。如果你没有网格线功能，试着在取景器里想象一个，或者看看右边这个小贴士。不管哪种方法，将网格记在脑子里肯定会帮你提高构图水平。

毫无疑问，俄勒冈州有一些世界上最美的海岸线。除了当地名声甚佳的雨，它的海岸线都是从来没让我失望过的拍摄对象，无论雨天还是晴天。我经常发现自己非常幸运地在拍摄海边落日，当时天上只有雨后残云，而这些残云将人们的视线引向美丽动人的天空。

这天傍晚我想强调天空，于是我故意把地平线放在画面下方三分之一处的地方。没错，这次的被摄对象是天空，因为它支配着整个构图。把相机固定在三脚架上，将光圈设置为f/16，我只需调节快门速度，到1/160秒时相机测光表指示对强背面光的曝光正确了。

【12～24毫米镜头，光圈f/16，快门1/160秒】

从附近的一个河坝顶上，我可以向下拍摄这一大片郁金香田，因为我感觉兴趣点大部分在地平线以下，所以我选择把地平线放在画面上方三分之一处。把相机固定在三脚架上，我把光圈设置为f/32，调整快门速度至1/30秒，拍摄了我面前这个在清晨正面光照耀下的场景。

【80～200毫米镜头，光圈f/32，快门1/30秒】

小贴士　自己制作三分律网格

如果你的相机没有构图网格功能，别担心。如果你的相机液晶显示屏上的透明塑料保护膜还在，你可以用一支记号笔在保护膜上画一个三分律网格，为了让线条水平，可以用直尺。你只需画2条间隔均匀的水平线和2条间隔均匀的垂直线，把显示屏分成9块一样大小的空间。

如果你的液晶屏保护膜已经不在了，找一块2英寸（5.08厘米）宽的干净透明胶带。剪一块比显示屏稍长的胶带，画上网格，然后把胶带贴在显示屏上，你就做成了。

水平构图与垂直构图

我喜欢学生问我："什么时候拍摄垂直构图的照片最好？"我的回答总是："在拍完水平构图之后马上就拍！"Photoshop在照片剪切方面非常有用，但无论剪切任何照片——特别是从水平构图照片中剪出一幅垂直照片——照片的质量往往会下降得很严重。剪下来的新照片冲印成5英寸×7英寸（12.70厘米×17.78厘米）的照片放在家里和办公室也许还可以，但冲印成更大尺寸的照片就不行了——它当然也不可能作为商业素材照片，因为它的尺寸实在是太小了。别笑话我像个坏唱片那样又来重复，你还得在相机内就把工作做好——这一点适用于所有被摄对象和所有构图安排。因此，要始终同时拍摄水平构图和垂直构图的照片。

拍摄垂直构图照片的最佳时间是在拍完水平构图照片之后马上就拍。拍摄垂直构图照片的唯一时间也是在拍完水平构图照片之后。试图将我妻子的这幅水平照片剪切成一幅垂直照片，不仅会在电脑上浪费时间，还会造成冲印质量的降低，这对于被摄对象来说不是一件好事。

【上图：200～400毫米镜头，设定在200毫米，光圈f/5.6，快门1/320秒；右图：200～400毫米镜头，设定在300毫米，光圈f/5.6，快门1/320秒】

研究被摄对象

研究你的被摄对象是我在许多讨论会上经常说的一句话。就像我们在这里谈论的，学生们常常在还没有真正探索刚刚拍摄的场景的许多可能性的情况下，就很快转向了其他事物。他们不去尝试不同的视角、不同的镜头，当然也不去尝试不同的格式（即垂直和水平构图）。跟你的被摄对象多待一会吧，你会得到回报的。

在我哥哥刚刚建好的房子周围捡了一整天的废木头之后，我们点起了篝火。在接下来的两个小时里，我哥哥、我和几个朋友坐在火堆旁闲聊。突然之间，我看到哥哥的手和手上的咖啡杯，觉得如果以火为背景把它们拍下来，一定是张不错的照片。照片中包括了他的厚衬衣袖口、再加上咖啡杯和篝火，有力地说明这不是夏日的篝火，很明显，是在寒冷的冬天（上图）。我拍摄这两张照片都使用了三脚架。又过了大概30分钟，等到呼呼作响的大火慢下来，变成了燃烧的余烬时，我拍摄了第二张照片（右图）。

【两张照片：80~200毫米镜头，设定在200毫米，光圈f/8，快门1/60秒】

照片中的照片

多半情况下，每张照片里都含有另一张同样引人注目的照片，即使拍摄到那张照片意味着需要使用微距镜头或特写器材。在你离开面前的场景之前，训练你的眼睛去发现内含的另外那张照片吧。

我的学生多半看不到另外的这张照片，而发现时又太晚了。通过用Photoshop剪切把内含的照片取出来的办法不足取，因为这会造成照片质量下降。学会通过使用不同镜头或不同焦距在相机内发现这另一张照片（并进行剪切），就能拍摄到那张引人注目的照片。

在迪拜当地的鱼市上，每周七天，每天早晨都有一个忙乱的时刻。鱼被拉到这里来卖，确切地说，是成千上万的鱼，它们接着又被运进了众多的饭店，趁新鲜的时候提供给客人。我很高兴以清真寺为背景拍摄了这个鱼贩，我又觉得只拍摄这一筐子鱼也是张好照片。我只是把镜头焦距从100毫米改为400毫米，就拍摄了这只盛满了鱼的铁丝筐子。由于在拍第二张照片时选择的视角较高，我就能把存放鲜鱼的巨大蓝色储存柜作为背景，以其漂亮的色彩和色调衬托出鲜亮的鱼。

【右图：80～400毫米镜头，设定在100毫米，光圈f/5.6，快门1/800秒；下图：80～400毫米镜头，设定在400毫米，光圈f/5.6，快门1/800秒】

比例与风景

人 的外形可能是世界上最不易弄错的，因此，无论你把人放在任何广阔和宏大的风景中，都会形成明显的范围感和比例感。无论这一风景是自然风景，还是城市化或工业化的风景，都会有这种感觉。但我经常告诉许多拍摄自然风光的学生，如果他们有朝一日希望通过相机挣钱，就必须足够聪明，只要有机会，就要再拍一张同一风景中有一个人轮廓的照片。事实上，有人的风景照片常常比没有人的风景照片具有更高的市场价值。

紧 邻法国里昂沙特拉斯机场的火车站荣获了无数建筑及设计大奖，且有着充分的理由。火车站的设计宽敞、连绵，通过使用广角镜头还可以把内部进一步放大。车站内光线充足，手持相机拍摄相当容易。在这张照片中，为了说明人的重要性，你只需用手指盖住照片上的这位女士，就会注意到火车站的尺寸和比例就不那么明显了。

【12～24毫米镜头，光圈f/8，快门1/320秒】

　　日落后不久，船坞的灯光与天空中光线的曝光值相同。我在附近警卫室屋顶上拍摄，我的助手通过对讲机指挥下面的两个码头工人到了船头附近的位置。他们的存在很重要，主要因为一个原因：为这艘巨大的集装箱货船形成一个比例感。将相机固定在三脚架上，我把光圈打到f/16，将相机对准货船上方的天空调节快门速度至1/2秒，然后重新对你所看到的这个场景构图并拍了好几张。你再用手指把这两个人盖住，照片就不能像刚才那样表现这艘船的规模与大小了。

【80~200毫米镜头，光圈f/16，快门1/2秒】

白色背景：构图练习

我来教你一个练习，它不仅能让你在构图时更专心，还能给你长时间的摄影之乐：拍摄以白色树脂玻璃（看版台上用的那种）为背景的物体。如果你不能随心所欲地外出，或者因为住处气候严酷让你无心外出，那么这一练习对你就特别方便。

我的配置中用了两盏Alien Bees单灯（#B1600型）。两盏闪光灯都包在一个"维克罗"牌的外罩中，称为柔光箱。就像它的名字一样，柔光箱把单灯发射出来的强闪光"转变"成为柔光。

对于这类摄影，我把对这两盏灯的曝光设置为f/11"谁在乎"光圈，因为所有的东西我都是直接朝下拍的。我把闪光测光表设置为f/11，先打开顶部闪光灯，调节闪光输出直至输出读数为f/11，然后关闭这盏闪光灯并打开另一盏，把这盏灯的闪光输出读数也设置为f/11。接着，我把两盏灯都打开，把相机的光圈设置为f/11，并往那片2英尺×3英尺（0.61米×0.91米）的树脂玻璃上摆放任意数目的物体，而玻璃就放在下面这个柔光箱上面。

说到在这个没有阴影的纯白照明条件下可选择拍摄的东西，我敢说根本没有限制，鲜花、水果、蔬菜明显可以，肯定值得你花时间拍摄，但还要考虑所有其他的可能性。在不用担心背景的时候，你就可以自由地专注于构图和所用物品的摆放了。

于灯头上都内置了光敏闪光触发器，我的两盏灯（高处较小的灯，以及放在地面、上压树脂玻璃的那个较大的灯）在相同时间内发出的光量相等。我在小灯上（上面那盏）安装了闪光同步线，这样当我按下快门的时候，另一盏灯上的触发器"看到"闪光之后就同时点亮这盏灯。这一切都发生在1/250秒之间，对人眼来说太快了，根本看不清。

当你买一束花装点房间的时候，这些花往往在一周内就死了。为什么不通过摄影构图的色彩和图案让它们得到永生呢？买了一束康乃馨以后，我快速把每朵花的茎剪掉，将它们在白色树脂玻璃上摆成图案。我按照闪光测光表的信息把光圈设定为f/11，从上向下直接拍摄了许多照片。这些康乃馨没有插进桌上的花瓶里，而是被挂在了墙上，获得了永生。

【35～70毫米镜头，光圈f/11，快门1/250秒】

当一个玻璃瓶掉到地上碎成千万片时，会立即引起某种强烈的情绪化的回应：噢！我自己也碰掉过，也打扫过这种碎片，我经常希望自己能用一种最纯净的方式拍摄这种场面，只是最近我才做到了。我可以轻易地再创作这种溅出场面。我从一个大约2～3英尺（0.61～0.91米）的高度掉下一个玻璃瓶，让它落在一片2英尺×2英尺（0.61米×0.61米）的方形树脂玻璃上，然后只需把玻璃拿起来，小心地放在旁边的柔光箱上。后来我拍摄了一系列破碎的玻璃瓶或玻璃罐，这只是迄今我拍摄的许多这类图片的一张。天知道，也许我将来会出一本关于这一拍摄对象的"纯艺术"的书，取名为《飞溅》。

【17～55毫米镜头，设定在35毫米，光圈f/16，快门1/250秒】

主题

有时候，通过一系列照片探究一个主题可以帮助你揭示构图的优点与缺点。如果你的主题涉及风景摄影，就能帮你理解地平线放在高位或低位的作用。如果主题集中在花的特写上，你不久就会认识到将画面填满的价值。

就在最近，我看到一个相对较新的摄影网站，我得向想到这个主意的人致敬：寻找月度优秀摄影师！网址是：http://www.sh1ft.org/26things。每个月它都会公布一个有26件事物的摄影清单，如果没有弄错，这个月度清单可以轻易地演化成26个独立的主题！

我在这里选用的例子只是一类可能的被摄对象。另外一个好例子会是四季，你可以拍摄一年中不同时间的同一对象，或者改变这一对象，或者只是深入挖掘一个季节。可能性无穷无尽。

17～55毫米镜头，设定在28毫米，光圈f/11，快门1/30秒

去年冬季在纽约市一个旧海军仓库旁，我看到一个大容器装满了带条纹的红球。不知道为什么，通常就是这样，我立刻想到去买这样一个球，并在其后12个月的旅行中带着它，在很多场合为它拍照。尽管我对这一主题的挖掘时间还很短，但很清楚它具有无穷的可能性。天知道也许有一天，我会出版一本书，书名很简单，就叫《我有一个球》！

17～55毫米镜头，设定在24毫米，光圈f/16，快门1/125秒

17～55毫米镜头，设定在20毫米，光圈f/8，快门1/60秒

17～55毫米镜头，设定在17毫米，光圈f/22，快门1/60秒

12～24毫米镜头，设定在14毫米，光圈f/22，快门1/45秒

70～200毫米镜头，设定在100毫米，光圈f/16，快门1/100秒

70～200毫米镜头，设定在200毫米，光圈f/22，快门1/60秒

17～55毫米镜头，设定在22毫米，光圈f/22，快门1/60秒

全帧鱼眼镜头，光圈f/8，快门1/250秒

12～24毫米镜头，设定在16毫米，光圈f/22，快门1/25秒

好的微距摄影对象

微距或特写摄影仍然深受业余和专业摄影师喜爱。不仅一些显而易见的对象如花朵、昆虫非常适合拍摄漂亮的特写照片，很多不寻常的对象也可以拍出漂亮的特写照片：我注意到越来越多的学生把特写镜头对准了抽象世界和工业世界，并拍摄出一些真正引人注目的照片。

我想起了几年前一个出售《懒人致富之路》手册的广告，它承诺如果你花59.95美元购买该书，就会告诉你如何一步步走向财富。我没有订购此书，因而确实无从发现懒人致富之路。但我可以向你保证有很多微距摄影领域的财富。微距摄影确实是懒人通向摄影财富之路，因为你可以从身边和脚下找到很多东西——不用离开家或者周围环境！

只要拿起相机和微距镜头，或者40～60毫米焦距镜头和接圈，开始在地板上或院子里爬行，眼睛不离开相机，不久你就会看到那双破运动鞋上，或者孩子最喜欢的玩具上丰富的花纹。可能性无穷无尽。

拍摄特写镜头的机会就在你家中，只需一个三脚架、一张小桌子和一扇用于照明的窗户，你就可以花数小时，有无数发现。

例如，当用微距摄影拍摄时，单是一个柠檬片就能大胆地表现色彩和花纹。注意背景中绿色包装纸的应用。由于拍摄特写时景深很浅，我就能够把纸上的树叶图案拍得像青草——好像在暗示照片是在户外拍摄的。另外，我使用的是苏打水而不是自来水，而且每拍一张（我共拍了16张）我都会在水里加一些盐，让水里有更多的碳酸。

【右上图：70～180毫米尼科尔微距镜头，光圈f/22，快门1/8秒】

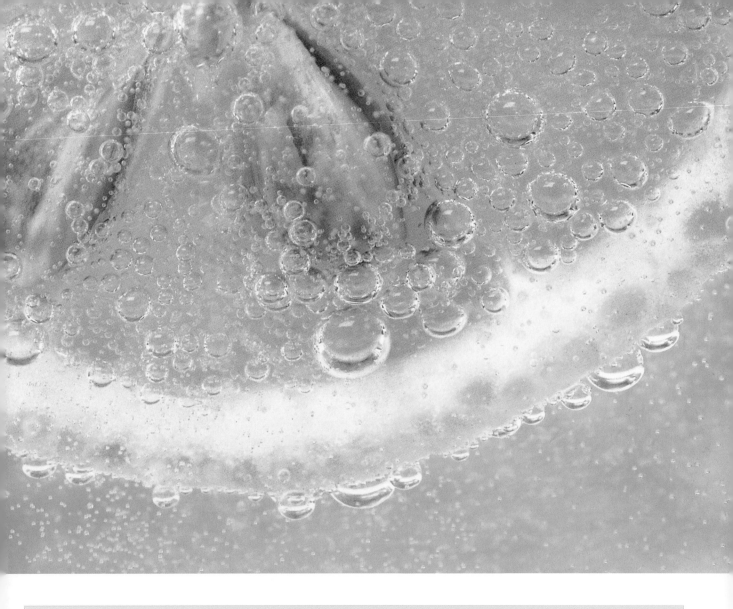

微距摄影附件

接圈

　　安装在镜头与相机机身之间的空心金属管，通常一套三个成套出售。镜头与接圈数量的结合决定了照片的放大效果。对于喜欢拍摄蝴蝶、蜜蜂和蚱蜢的人，接圈是奇妙而备受欢迎的附件。当把远摄镜头或远摄变焦镜头与接圈连接在一起的时候，你就能在不过于接近而把它们吓跑的情况下，拍摄这些对象的特写镜头。

　　大多数相机制造商（例如尼康、佳能、美能

达等）都为它们的某些系统制造接圈，但最好的接圈品牌是日本的肯高。肯高接圈不仅让你保持完全的曝光控制，还允许你使用自动对焦功能。

近摄滤镜

　　近摄滤镜没有接圈那么昂贵，但用它们容易拍出明暗对比不明显的照片，尤其是靠近边缘的部分。

近摄景深与镜头

在 这么近的距离拍照与拍摄"普通"场景有巨大差别，特别是在选择"正确"的光圈时。由于对焦时镜头越靠近被摄对象，景深就一定越小，因此微距摄影的景深极浅。

研究微距摄影的人已经发现，视角的轻微改变，会带来焦点的剧烈变化。由于事物都被放大了，即便是最轻微的风也会考验你的耐心。从取景器中观察，实际上5英里/小时（8.05千米/小时）的微风在这里会变得像50英里/小时（80.47千米/小时）的大风。不用说，精确对焦、双肘稳定、小豆袋或三脚架在拍摄微距照片时非常关键，只有这样才能拍出苛刻的清晰度。

对于那些使用固定镜头数码相机的人，微距摄影的世界向你们打开了一些令人激动的门！我在讨论叙事性光圈时说过，固定镜头数码相机上的f/11相当于35毫米单反相机上的f/64，那是你可以随意支配的很大的景深！而且，说实话，由于这个原因，我们使用数码单反相机的人很嫉妒你和你的固定镜头数码相机。不错，我确实有一个光圈可达f/32的微距镜头，但再提高一挡到f/64，唉，要真能这样就好了。这样我的很多特写镜头都会拍出不同的效果来。如果可能，尽管光圈是

任 何数量的厨房用具，放在铺了亮丽的工业用纸或海报的桌子上，就成了拍摄微距照片的极好对象。这些用具天然光亮的金属表面会反射出纸的色彩，不久你就会迷失在一个由花纹、形状和色彩构成的抽象世界中。这是一张放在红绿纸上的乳酪磨碎器的照片，它已经变成了一张可以装饰厨房墙壁的艺术作品。（注意：磨碎器上的槽口和划痕并非数码噪点，不过是使用频繁以及多次用板刷擦洗形成的疤痕。）

【70~180毫米尼科尔微距镜头，光圈f/11，快门1/30秒】

f/32时，快门速度已经够慢的了，但即便如此，只要能让我的相机有f/64光圈可用，我会耐心等候微风停下来——如果必要，即使几个小时也没关系。

但就像我说过的，f/64是留给那些用固定镜头数码相机的人用的。这些人还有一个好运气：你可以获得相当于f/64的景深，但镜头光圈实际上保持在f/11，这样你不仅能获得令人惊奇的景深，还能有很高的快门速度！如果你需要一个拍

摄精美特写的理由，我觉得没有比这个理由更好的了。因此，如果你的相机允许使用近摄滤镜或近摄镜头，你就可以因为这一理由买下它。

如果你用的是单反数码相机和胶卷相机上使用的远摄镜头或近摄镜头，你就有了另一个理由庆祝单反数码相机上的这个小尺寸传感器了。你原本用于35毫米胶卷相机上的镜头焦距，依据所用相机，此时按照1.3、1.4或1.6的系数增加。因此，如果你在数码单反相机上安装一个近摄镜头

有关镜头的一点说明

大多数变焦镜头当设置在"微距"焦距时，能在胶片上呈现四分之一实物大小的影像（数码单反相机能提供一半实物大小的影像）。微距镜头有多种多样的焦距：50毫米、60毫米、90毫米、100毫米、105毫米、200毫米，我最喜欢用尼科尔70～180毫米镜头。

没有什么比一场雨更能让夏季假期扫兴的了！但是，如果你带着微距摄影装备，你可以把它变成一次难忘的经历。坐在墨西哥坎昆的宾馆屋顶平台上，正在抱怨这场下了24小时的雨时，我注意到雨水溅湿的玻璃正好框住了下面风雨中空寂的海滩，形成了绝妙的风景。我使用三角架和f/22光圈以获得最大的景深，将快门速度调为1/4秒时曝光正确。我没有选择阴天的白平衡设置是为了记录下所有的蓝光以强调恶劣的天气。

【右页图：35～70毫米镜头，光圈f/22，快门1/4秒】

拍摄实际尺寸的照片，所拍出的尺寸就会比实际尺寸大。根据所用相机的不同，照片上物体的尺寸与实物尺寸之比可能是1.3:1、1.4:1或1.6:1，而不是正常的1:1。而且，在拍摄这些微距照片时，你仍然拥有原镜头的景深！如果你用的是105毫米尼科尔近摄镜头，你还获得了更长的焦距：它变成了142毫米近摄镜头，还没有损失105毫米镜头的景深。

如果你摄影时想使用当今数码相机上具有的那些曝光模式，我极力推荐你把光圈优先模式作为首选。在这种模式下，你选择光圈，相机就会根据光圈及照在被摄对象上的光线选择正确的快门速度。用现在的相机，你可以用半自动模式摄影，几乎不用担心总体曝光效果，因为这些相机提供了高度先进、非常敏感的测光能力。而且，如果你在拍摄所有照片时用的都是raw格式，即使你有一些偏差，也能够得到纠正。

在微距摄影的世界里，视角的轻微改变，会带来焦点的剧烈变化。

镜面高光

微距摄影除了景深非常小之外，还有另一个现象，许多摄影师要么对此并不知情，要么是没有经常去探索它——镜面高光。镜面高光常常表现为模糊的六角形，出现在照片中被高亮区环绕的被摄对象的前景或背景中。一个可能出现镜面高光的例子是一片挂满露水的草叶，周围也是被清晨的阳光照亮的挂满露水的草叶。挂满露水的蜘蛛网也是很好的例子。

在微距摄影中，有一条光学定律可以立即应验！任何模糊的光点都会表现为所用光圈开孔的形状。因此，我们再以草叶为例，当你瞄准清晨阳光下那一片挂满露水的草叶时，任何其他处于焦点之外，却又在画面之中的露水水珠都会被记录成一个模糊的形状，这一形状决定于你所选择的光圈大小。如果你用的是最大光圈之外的其他任何光圈，你记录到的是六角形，因为这是当光圈被调小时在镜头内显示的形状。当使用最大光圈时，记录下来的形状是圆形，因为最大光圈开孔永远是一个圆形。

当我用70～180毫米尼科尔微距镜头摄影时，常常被挂满晨露的青草这样的景物所吸引，无论是在我家前院里，在邻居家的花园里，还是在当地的公园里。这一天，我在佛蒙特州一个当地休息站里趴了一个多小时，沉浸在镜面高光的世界里。发现拍摄对象一点问题也没有，因为无论转向哪里，我都能找到另一个"穿"在露珠里的草叶。

在露珠被背面光照亮时（你面向东方），最适合拍摄镜面高光。当然，唯一有露珠的时间是清晨，因此如果你需要一个黎明即起的理由，这个摄影机会就是理由。再说一遍，这里所说的镜面高光不过是附近的其他露珠，只不过它们不在焦点之内。

【70～180毫米尼科尔微距镜头，光圈f/16，快门1/60秒】

还是在佛蒙特州，在路边上，我看到了这一片有无数蜘蛛网的田地，蛛网上挂满了露珠。当时太阳刚刚升起，我把装有70～180毫米尼科尔微距镜头的相机装在三脚架上，镜头朝东，尽可能地与蛛网平行，因为在拍摄微距照片时景深很浅。我把光圈设置为f/22，对准你现在看到的这个蛛网并调节快门速度，到1/30秒时相机显示曝光正确。

在这个例子中，我把一处高光拍摄成了彩虹。这是由于光的折射造成的，类似于你看到的灯光透过水晶吊灯时的情形。当然在这个蛛网后面没有吊灯，只有很多其他模糊的露珠反射出我的光圈开孔的形状。我只是幸运地处在一个能拍摄到彩虹的位置（我注意到无论向左还是向右移动一下，彩虹就消失了）。

还有，看一下这张照片与前一页照片的镜面高光，你有没有注意到高光的大小不同？这是因为每个露珠距离焦平面远近不同的结果。焦点外露珠距离焦平面越远，形成的高光越大，也就越模糊。

【70～180毫米尼科尔微距镜头，光圈f/22，快门1/30秒】

Photoshop
数码暗房

摄影与Photoshop：形同驾驶

直到此时，我在本书中一直强调在相机内就把照片照好，而且理由充分。摄影在很大程度上好比坐进一个配置良好的汽车，除了坐到方向盘后面、踩下油门和为车把好方向这种"简单"的任务，你还得熟悉各种开关、转盘和按钮。开车还要求对你周围的环境要敏感，通过练习以及自己的耐心，你不久就能自信地驾驶，无论白天、黑夜还是各种天气条件。当然，也有其他一些司机，他们把车开上路沿石、闯红灯、逆行以及始终超速行驶。这些司机粗心大意，让汽车修理厂始终生意兴隆。

不幸的是，在谈到数码摄影时，许多摄影师也不顾后果地放任自流——几乎不去关心相机的作用或者相机到底能拍些什么。这在某种程度上要归咎于相机生产商和相机店的售货员，他们信奉摄影非常容易（"只需按下快门，相机会帮你做其他的所有事"）。但我无法想象任何人走进汽车销售商店，就会相信推销员的话：你只要把发动机打着，面向你要去的方向，汽车会让你安全地到达那里。

然而一些摄影师却相信"只需按下快门"的宣传是可能的。结果，他们的许多照片就像一辆无人控制却又高速反向冲进一个单行道的汽车。幸运的是，受损失的只有那个粗心的"司机"（摄影师）。既然没有别人因为这些摄影师的放任而受伤，使得这些摄影师要学会遵守一些简单的摄影规则都很慢。

除了那些善意的相机店店员和相机生产商关于摄影很容易的承诺，Photoshop和其他照片处理程序也难辞其咎，它们在宣扬一个神话，称照片的任何损伤都可以修补，无论多么严重。许多业余摄影师说："如果我在相机里没有拍好，我随时都能在Photoshop里把问题改正过来！"我对这个问题的回应是，Photoshop不是汽车修理厂！

请别误解我，我也非常相信Photoshop的价值，但如果那些错误你只要把相机对准正确方向就可以改正过来，为什么还要花时间在Photoshop里改正错误呢？选择正确的光圈有这么难吗？用正确的镜头有这么难吗？注意一下一天的时间有这么难吗？关注一下背景有这么难吗？把一只脚放在另一只脚前面，只要向被摄对象再走近点有这么难吗？你面前是个明显的垂直对象时，把相机转成垂直角度有那么难吗？

把时间花在相机的"方向盘"后面，学习相机和镜头能做什么、不能做什么是值得的——对于数码单反相机尤其如此。你到底怎样才能利用相机背面的液晶显示屏提供的即时反馈学习而不仅仅是寻求它的帮助？你没有看到地平线是弯曲的吗？好，那就再拍一张——马上就拍——把地平线拍直了。你没看到背景中的电线杆从你孩子头上长出来了吗？好，那就换个角度，或者让你的孩子向左或向右挪挪再拍一张——马上就拍！你没看到你的曝光太"亮"了吗？好，如果你用的是手动曝光，那就把快门速度调快一两挡，或者把自动曝光补偿调至－1或－2，然后马上再拍两张！你没看到你构图中的那朵花还没有填满画面吗？好，那就要么换个更长的焦距，要么再走近点，马上再拍一张！你在相机内做的"功课"越多，你就越有时间真正在Photoshop上"玩"。

说了这么多，尽管你的想法最好，仍有一些照片会有"异响"或"擦痕"——即便最好的"司机"在判断上也会有疏漏，这当然是调用Photoshop的一个理由。但刮擦跟迎头相撞是两码事，我想强调——我保证，这是最后一次——你不应该认为Photoshop是汽车修理厂，除非你从事的是老旧照片（那种实在是又老、又旧而且褪了色的照片）的修复工作。

不过，Photoshop在定制照片方面非常有价值，就像汽车改装厂可以给汽车装上加大的保险杠、镀铬的轮圈、压制带褶的皮座椅、地毯、喷上金属漆，甚至再加装一个悦耳的喇叭，把一辆普通车改装成一辆"定制车"一样，Photoshop可以将一张普通的照片变成一张真正特别的照片。而且，我相信汽车改装厂的技师们也会同意，如果你来到改装厂时开着完好的普通汽车，改装会节省大量时间。

因此，尽管据说Photoshop可以提供100多种修改照片的方法，本章只介绍那些被证明是最有意思、最有价值，因此也最有用的技巧。如果你希望学习Photoshop的所有技巧，你在这里会感到失望。不过，Photoshop和其他照片制作软件很有必要存在，没有这些程序，你在数码照片制作方面就无法成功，因为它们是你工作流程中必要的一部分。

例如，没有这些程序，你就无法"处理"或打印照片。原来你把一卷胶卷交给冲印室，两个小时后取回，你需要做的只是把照片放进家里的照片簿里——这种日子已经成为过去。但现在增加的图像处理工作，引起了大家的兴趣。我遇到许多摄影爱好者，他们说数码摄影已经成了全家的事，不再只是摄影的人在忙。数码摄影技术最大的好处可能在于相机背后的那块显示屏。特别是在拍摄家庭成员时，每个人都会很快地过来看液晶屏，然后就是把照片在电脑里打开（看放大的效果），然后用鲜艳的色彩打印出来或者打印成黑白照片（供所有人看）。

尽管我是个守旧派摄影师（意思是说，我仍然发现在相机内把照片拍好比在Photoshop内制作它更值得），但在过去几年里我仍注意到自己找到了更多在电脑上花时间的理由，因为我发现了另一个有用的工具或捷径。对一些人来说，Photoshop是制造充满情感的照片的主要工具，而我则发现它的重要性多少相当于一个必要的滤镜或镜头——用于扩展创造性摄影的可能范围。现在，让我们享受Photoshop的乐趣吧！

Photoshop：摄影的真实性＆诚信

使用Photoshop的最后一点提示：几个月前，我的一个学生向我询问对摄影伦理与Photoshop使用的看法。他最关心的是摄影的真实性。例如，你拍摄那幅风景时，月亮真的在那里吗？是不是通过Photoshop加上去的？或者那个孩子真的是在逃避灰熊的追击，还是他实际上是在当地的一个公园里跑步，但你把背景换成了一个正在追击的灰熊？我的答案可能看起来有点不可思议，因为我在本书中自始至终都在强调，自己在内心里是个纯粹主义者，信奉在相机内就把照片拍好，但就我来说，任何照片切实的"真实性"——跟所有艺术一样——在于它能够唤起人们情感的能力。说实话，我不太注意所说的照片是用相机直接拍摄的还是在Photoshop里合成的。

说到这里，是不是我就认为用Photoshop制作的合成照片是真实的呢？当然不是。不过很多用Photoshop合成的照片的确唤起了我强烈的情感反应——不过这是在知道它是合成照片的前提下。这就有区别了，如果照片让我们相信摄影师非常幸运地处在正确的地点和正确的时间，而随后发现非凡的天空和彩虹是后来在Photoshop里加上去的，它就以明显的原因伤害了业界的每一个人。对于那些真正有幸在正确的地点、正确的时间拍摄到那种"不可思议的照片"的摄影师，我感到很遗憾，因为人们现在都会带着怀疑的眼光来看他。

如果你在Photoshop里向照片里添加了什么，或者从照片里去掉了什么，就告诉大家。用相机构图时，如果你向场景里移入或添加了什么东西，也要告诉大家。这是我的哲学，如果我的任何照片有所改动，我会马上告诉其他摄影师。

你在相机内做的"功课"越多，你就越有时间真正在Photoshop上"玩"。

数码照片的打开与清理

现在有大量的图像编辑软件，我不能建议我们所有人用同一个品牌和版本的软件。不过我熟悉的图像编辑软件自始至终都是Photoshop，我所有的提示和建议也都基于Photoshop平台，或与之相关。不过，这并不意味着如果你没用Photoshop，你就不能从本书提供的信息中获益。你反而需要查明这一相似的特征存在于你所用软件里的什么地方，并按照这一软件特有的差别调整照片。

对于那些坚持用JPEG FINE格式摄影的人，如果还没有这样做过，那就把你保存的每张照片都打开，并选择"另存为"命令，立即把它们保存为扩展名为TIF的TIFF格式。在对JPEG照片进行任何修改之前，你都必须首先把它另存为TIFF格式。记住，JPEG照片是易损格式文件，就是每次打开或修改这种文件，它都会丢失数据，即使你所做的仅仅是将其从水平格式改为垂直格式，JPEG照片也会丢失少量的数据！

一旦你找到存有照片的文件夹，点击文件夹将其打开，察看照片的缩略图和照片尺寸。如果你点击其中的一张，它就会在其他照片的缩略图前面打开。假设你是在raw格式的照片上操作，你现在要做的是改变照片的白平衡设置（白平衡选项包括：日光、阴天、阴影、钨丝灯、荧光灯以及闪光灯）。你可能会注意到，当选择不同的白平衡时，色温指示器也会改变；从效果上说，白平衡设置对照片的整体色温有巨大影响，可以让照片看上去是暖色或是冷色。

除了白平衡可以影响色温，你还可以通过一个独立于白平衡的控制方式改变色温，这是对色温进行微调。

你还能通过游标控制器或者点击一个简单的箭头改变照片的总体曝光；每点击一下，你就可以增强或减少高亮区或阴影区的曝光，也可以对两个区同时进行操作。这听起来是不是很麻烦？要是你在相机内未能设置正确的曝光，或者你坚持用自动白平衡模式摄影，就很麻烦。在相机内就正确曝光能节省大量时间。就像我前面提到的，如果白平衡设置为阴天，在后期处理时就会发现几乎没有理由把白平衡设置为其他模式。

用修复刷清理图像

当你第一次打开图像发现上面有一团团灰尘一样的东西时，也许你的感觉跟我一样。我知道自己的镜头很干净，我的被摄对象也没有落满尘土，那么这些尘土到底是哪里来的？

欢迎来到数码世界，灰尘在这里找到了新的滋生之所！与胶卷摄影不同，数码摄影的确有一大缺陷：多数数码单反相机的图像传感器在记录图像方面做得非常好，但它们也像磁铁吸引金属一样吸引灰尘。如果在图像传感器附近任何地方有一粒灰尘，都会被吸引到传感器上。

为了避免灰尘，最首要的一点，就是不要在有沙尘暴的地方换镜头——实际上，根本不要在有沙尘暴的地方摄影！第二，不论任何时候换镜头，都要把相机关掉，因为这一简单的动作所产生的静电会直接把灰尘吸引到传感器上。

尽管你想得很周到，灰尘仍然会进入相机。当灰尘进入相机后，你可以按照生产商的建议清理传感器，多数情况下这意味着把它送到一个授权的相机维修站。这当然是一个选择。实际上，生产商说了，任何其他清理传感器的企图都可能不仅会损坏传感器，还可能导致保修无效。这一警告很严厉，当然是否听从，由你决定。

无论你把相机送出去清洗，还是选择用我的清洗方法（见右页方框内），你现在都应该把相机存放在没有灰尘的房间。但很有可能一粒或几粒灰尘仍然又设法钻到传感器上——在你把照片下载到电脑上之前，通常你无法注意到它。至少在目前你得习惯它，因为市场上大多数相机都没有防尘传感器。尽管这些灰团很恼人，但用Photoshop CS提供的修复灰团的最快工具——修复刷，可以让修复工作变得更容易。

调出修复刷，"唰"一下，灰团没了。由于我通常必须用某种图像软件打开图像并把它们"修理好"，我特别注意把图像放大100%，利用窗口边上的滑动块或滚动条，上上下下、左左右右地看有没有灰点。这只需花费一分钟，但却是一项很有意义的预防措施，因为我的大部分工作是外出到客户那里，或者去我的一个素材代理商那里。我知道自己的客户想要的是干净的照片，

我如何清理图像传感器

我不知道你会怎么想，但我不喜欢为了清理相机而与我的相机分开几天时间，因此我想出了一个更容易的清理方法。但是，如果你选择听从我的建议而对你的相机造成任何损伤，我可不负任何责任。此外，对于你的相机和镜头，你还需要一张白纸和一罐压缩空气。

1. 将这张白纸放在一个光线充足的房间里，如果可能，靠近窗户，把相机和镜头准备好。把光圈设置为f/22，把感光度值设置为最低（例如100），为白纸拍一张照片，尽可能地靠近白纸，让白纸填满画面而无他物。如果必要，请用三脚架，为了清理相机，拍摄时请用JPEG FINE格式，因为这一格式在电脑里打开得更快（见下一步）。

2. 现在把照片在电脑里打开，在显示器上将其放大100%，看看是否有讨厌的黑灰点。（如果你找不到灰点，说明传感器很干净，你可以看本书的其他部分——或者继续读下去为以后作参考。）假设你看到了灰点，就关掉相机，取下镜头，将相机背面向下转过来。将相机设置为手动曝光模式，快门速度设为尽可能长的时间（例如8秒、15秒，甚至30秒，依相机品牌和型号而定）。

3. 把相机放在桌上，一手持压缩空气罐，让眼睛与相机内的反光镜同高。用另一只空手根据相机设置，尽可能长时间地按下快门，持空气罐的手则向暴露出来的传感器（它原本藏在反光镜后面，由于你开始曝光，现在反光镜已经翻起，没有再挡住传感器）快速喷几下压缩空气。很明显，你必须计算好时间，以免在反光镜落下来时，你还在向机身里喷气——如果是这样，压缩空气的力量可能会造成反光镜移位。还有，任何时候不要摇晃空气罐，因为这样会造成它喷出"液体空气"，一旦液体空气吹到传感器上，"像素一家"实际上相当于溺水了。在向传感器吹气的时候晃动气罐可能是毁灭性的，为像素一家重建新房（即更换传感器）可不便宜，至少可以这么说。

4. 关掉相机，换上镜头，再打开相机，为白纸再拍一张照片，只是为了检查传感器是否真的干净了。

不想从他们那里听到我需要把照片清理干净。如果你的兴趣在于把照片打印出来，像我这样做会很明智。因为如果你打印了一张11英寸×14英寸（27.94厘米×35.56厘米）的雏菊照片，却发现在它外面的花瓣上有一个灰点，没有比这更令人沮丧的了。

修复刷用起来很简单。首先，从工具箱里把它选中（就是看起来像绷带的那个），先从照片上找一块没有灰尘的区域，其颜色和色调与灰点周围相匹配。然后，如果你用的是苹果系统，就按住"选择"键（Option）；如果用的是个人电脑，就按住Alt键。（你这样做时，光标就变成了一个像十字准线的标志。）然后用鼠标在没有灰尘的区域点击一下，就会将其选择为源颜色。松开Option/Alt键和鼠标，再把鼠标移到讨厌的灰点上，按下鼠标左键并在灰点上涂几下，松开鼠标，看，灰点不见了！注意，在你涂抹的时候，图像上出现了两个光标：你正在涂抹的圆形光标和显示颜色源所在区域的十字形光标。留意后面这个光标，因为它所经过区域的任何颜色都会出现在你"涂抹"的地方。

修复刷工具不同于克隆印章工具（见130～131页），后者也要求与源颜色的纹理、光线、透明度和阴影相匹配，经过你修整的区域会与照片其他部分天衣无缝地融合在一起。

多数数码单反相机的图像传感器在记录图像方面做得非常好，但它们对灰尘也很有吸引力。

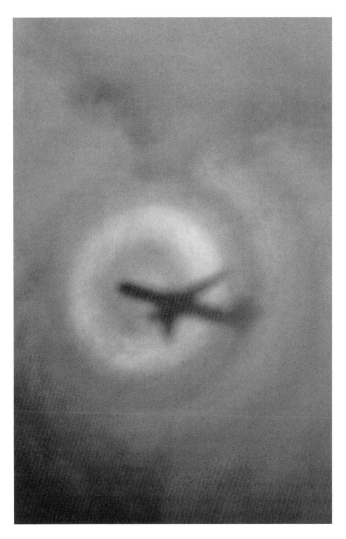

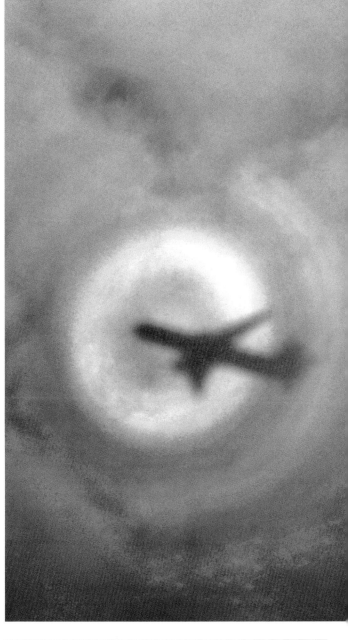

在拥有了第一架数码相机（尼康D1X）几天后，我把这张照片在电脑中打开，却发现到处都是灰团！你可以想象我有多惊讶。这张照片是我通过一架波音777的舷窗拍摄的——这是我开始拍摄的数码照片中的一张——当时飞机在巴黎附近正准备降低高度穿过一片低云。头顶上方的阳光将飞机的影子投射到了下面的云层上，还有一个附带的圆形彩虹作为奖励，这一景象太吸引人了，令人无法拒绝。我手持相机，把相机设为光圈优先模式，曝光补偿设为＋1，为明亮的白云补光（拍摄雪景时我也这么做），在飞机淹没在这片云层之前，我拍摄了好几张。

为了清除照片上的灰团，我选择了一个软边修复刷，尺寸略大于灰点本身。修复结果如右图。

【35～70毫米镜头，光圈f/8，快门1/320秒】

获得"完美"肤色

如果你发现自己经常拍摄人像，并遇到一些希望自己看上去更年轻或者肤色更好看的人，完成这一工作没有比用修复刷更好的了。它可以快速减少——如果不能完全消除——皮肤老化、难看的肤色或者多余的痣和粉刺。

图像编辑软件中，可能被最过度使用的就是锐化工具！摸着黑我都能发现被过度锐化的照片，因为每张被过度锐化的照片都会发光——为什么呢？让我们先看看锐化的概念。

首先，如果你想增加一条在相机内就把照片拍好的理由，必须首先考虑锐化。光学清晰度是——而且一直是——反映镜头和传感器质量的指标。从理论上讲，相机镜头价格越高、传感器像素越多，相机的光学清晰度就越好。但是，所有数码照片都需要一定程度的锐化，这也是软件锐化出现的原因。但不要与光学锐化相混淆。普通软件锐化的目的只有一个：让更多的细节变清晰，而这些细节是早已拍摄到的。如果某个细节一开始就不存在，锐化也永远不能增加细节。这就出现了一个问题。由于照片不清晰（例如，没有三脚架的情况下用慢速快门拍摄而且相机晃动或者对焦不准）而试图进行补偿时，摄影师就会使照片过度锐化。

说实话，锐化只不过是增强每个像素周围的对比度，给人一种图像更清晰的假象。过度锐化则是把对比度增强得太多，以至于每个像素周围都有了一个光晕——这就是为什么经过锐化的照片会发光的原因。除非你计划用"发光的"照片帮助圣诞老人和他的驯鹿在圣诞节时找到路，否则就要注意相机内的对焦和清晰度。

如果你必须进行一定程度的锐化，不用担心会产生光晕的最好处理办法是什么呢？如果你用raw格式摄影，而且存储为TIFF格式，或者你直接用TIFF格式摄影，它们的规则相同：只有在你对照片做了所有的调整之后——微调、分层、颜色纠正、去除污迹、克隆等等——再考虑增加清晰度的问题。锐化始终是最后要做的事。

注意：多数数码相机提供基于传感器的内置锐化功能。每张数码照片，无论是JPEG格式还是raw格式，由于传感器上面覆盖着一层彩色滤色镜，都会记录到一点柔光。对了，就是彩色滤色镜！尽管人眼看不到它，但这个像国际象棋盘一样由红、绿、蓝色组成的滤色镜就在传感器上面，没有它，传感器就只能记录到单一颜色。胶卷摄影师都知道，任何滤光镜都会给照片少量地增加一点柔光。

为了补偿这种柔光，你可以选择打开相机内置锐化功能。我觉得，假设你用raw格式摄影，你应该将它关掉，因为相机内置锐化功能的默认设置（顺便说一下，你无法改变该设置）所增加的锐化量要么可能比你希望的多，要么可能少。在后期处理时拥有随意锐化的自由更有意义。除非你在用JPEG格式（基础、普通或精细）拍摄，否则我觉得没有理由使用相机内置锐化功能。

由于JPEG是一种压缩文件（也是一种有损压缩格式），你应该在文件被压缩前就启用内置锐化功能，其后在电脑上进行锐化意味着把文件再打开一次，再丢失一些数据。

虚光蒙板（USM锐化）

多数照片处理程序都提供锐化工具，例如锐化、锐化边缘、进一步锐化和虚光蒙板（USM锐化）。只有虚光蒙板提供了锐化程度深或浅的选择，另外三个锐化工具只是按照预设的参数为你锐化——我还没有找到任何知道这种参数的人。这种对锐化量的绝对控制是我喜爱USM锐化的最主要原因。

在Photoshop中调用虚光蒙板，从"滤镜"下拉菜单中选择"锐化"。当虚光蒙板对话框打开时，你可以看到三个滑块：数量、半径和阈值。数量调节滤镜的色彩饱和度，半径决定每个像素周围产生的光晕的大小——因此也是这三项设置中最关键的一个设置。阈值控制像素之间对比度的差别，并告诉滤镜在确定锐化效果之前，这些值有多相似或差别有多大。

现在来看看可能比较棘手的地方。一些摄影师在锐化一幅图像的某一部分的时候用一组设置，而在他们同时锐化整幅图像时又用另一组设置。锐化本身就可以写一章，而本书并非只写图像处理技巧。事实上，我只是浅尝辄止。如果有人走不出锐化的"常规"，我愿意与他分享我个人的设置（本书所有的图片以及我所有的商业照片都用这一设置）：我把数量设置为175%，半径设置为2像素，阈值设置为4色阶。

克隆

旦照片上的灰点清理完，你就可以继续做其他事了。我会从合并开始。例如，当时你没看到远处那根与你儿子的脑袋合并在一起的电灯杆，现在你可以试试。可怜的孩子看上去好像非常头疼，如果你每天头上插着一根电灯杆走来走去，你也会头疼。图像合并是摄影构图中存在的一个普遍问题，在业余摄影师中尤为普遍。不过像我们这样的专业摄影师有时候也会落入它的圈套——我们被眼前的被摄对象完全吸引，没有看到背景中的那个东西会影响人们对被摄对象本身的注意力。

由于有了Photoshop克隆图章工具，这就不成问题了。有了这个工具，你只需用附近的某个东西，例如蓝天，代替或盖住灯柱就行了。（利用Photoshop CS）进行克隆的时候，点击工具箱里的克隆印章工具，然后按住Option键（在苹果系统中）或Alt键（在个人电脑中）。跟修复刷一样，你会看到光标变成了一个像十字准线的标志。在按住Option/Alt键的同时，将光标放在图像上你想克隆的部分（在这个例子中，是蓝天）并用鼠标点击一下。松开Option/Alt键，光标变成了一个小圆圈。用鼠标把圆圈移动到你想覆盖的位置（在这个例子中，是灯柱）。按下鼠标，小幅度地在灯柱上涂抹一遍，就把它变成了蓝天。注

意，这里又跟修复刷一样，你这么做的时候，图像上又出现了两个光标：正在涂抹灯杆的小圆圈光标和位于蓝色源区域（你最初用十字准线点击并设定蓝天的地方）的十字形光标。注意后面那个十字形光标，因为它显示了正在为灯柱克隆什么颜色。比如，如果这个光标从天上的一个鸟身上掠过，这个鸟就被克隆在了灯柱所在的位置，它所克隆的不再仅仅是蓝天。

只要克隆刷的大小与工作区相匹配，修补工作十分简单。（克隆刷大小可以在屏幕上方菜单栏下方的一栏内找到，并可以通过一个下拉菜单进行修改。）如果刷子的尺寸太大，只要扫一遍，灯柱和孩子就都没有了。（不过没有问题，因为Photoshop保留了你所做动作的历史记录，你只需到历史菜单里，点击上一步，程序就会撤销错误操作——就像错误从来没发生过一样。Photoshop还有一个"后退"功能，不论上一步怎么做的，它都能连续撤销。）

学会如何使用克隆印章工具确实不需要太多练习，但还是一定要练习。有一点要提出警告：克隆印章工具和修复刷工具困扰着许多渴望完美的摄影师，不知不觉，他们就会聚精会神地在电脑前坐好几天，试图让小到像素的每一个细节都变得完美！别再这么做了，去陪陪孩子吧！

察看时放大100%——永远都要这么做

无论何时我用修复刷清理照片，或者用克隆工具除去或添加小的细节的时候，我特别注意将其放大100%。放到这一级别的时候，甚至最小的灰点和其他异常之处都可以显现出来。

有时候，你需要对数码照片进行细微的改动，解决之道往往在于利用克隆印章工具、修复刷工具和色调与色饱和度控制器。我对这张照片进行了总共10处修改，共花费5分钟。我基本上是用修复刷和克隆印章工具来去除黑色阴影区的光点以及金属柱子上轻微的缺陷。另外，我用色调与色饱和度控制器改变天空和黄色标志的色彩，使之更加鲜艳。拍摄这张照片时，我对画面左侧的天空进行测光，然后重新构图，最终得到这张照片。

【12～24毫米镜头，光圈f/16，快门1/25秒】

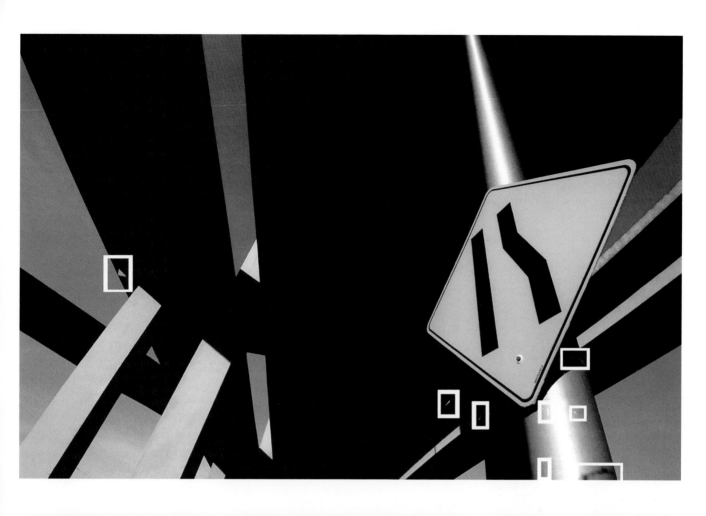

调整颜色

Photoshop提供了很多彩色与黑白选项。有时候，你的数码照片需要进行简单的颜色调整，而有时候你拍照时的光线并非如你所愿，因此照片需要更多更认真的调整。

我发现对于小调整，最快、最有效的办法是用色相/饱和度调整控制器。不过要注意，很多新手都被饱和度水平搞晕。饱和度太高看上去太鲜艳，无论构图有多吸引人，它看上去首先是一幅饱和度太高的照片。一定要记住让照片可信，而不是难以置信。

"色相/饱和度控制器"位于"图像"下拉菜单的"调整"项下。要想知道你可能想调整哪种颜色，最好的办法是在屏幕上打开"色相/饱和度"窗口，把"饱和度"的滑块向右一直拖到底。记住在哪个位置看到什么颜色，然后再把滑块拖回中间（让"饱和度"框里的数字读数为0）。现在到"图像"下拉菜单里"色相/饱和度"项下，进入每种单色并进行相应的调整。对于这一功能要多玩几次作为练习，掌握其中的要领。

我可能会使用色相/饱和度的一个例子是当我发现自己被天气"欺骗"了的时候，当我所期望的低角度、金色落日阳光由于一场即将来临的风暴而化为乌有的时候。不过我仍然会进行拍摄，我一贯如此，并希望在后期处理时添加上我一直在寻求的光线色调和色彩。在这种情况下，我会调用"可选颜色"调整控制器，它也位于"图像"下拉菜单的"调整"项下（在"色相/饱和度"再往下的位置）。跟色相/饱和度相似，它们可以让我强调（根据不同情况，也可能削弱）某个特定的颜色——不过它的范围更广。

需要提示的一点：你可以让任何场景的光线都看上去是暖色，就好像是在日出后不久或日落前的那个金色时段拍摄的，但如果你的场景中没有阴影，它看上去就会像晴天的一场廉价表演。

Photoshop CS中的滤镜

Photoshop CS让我获得自己喜爱的暖色调更容易了。在Photoshop 7升级为Photoshop CS的同时，Adobe公司添加了一整套调整工具，它们类似于你镜头上的那些滤镜。最精彩的是它们可以当做调整图层使用，这样你可以在应用到照片上的时候，蒙住不想受滤镜影响的部分。

因此，想为你在阴影下拍摄的照片添加暖色吗？在Photoshop CS菜单栏上，单击"图像"→"调整"→"照片滤镜"，你会得到18种可以应用到照片上的滤镜供你选择，包括几种添加暖色的滤镜。你可以改变这些滤镜的色饱和度，如果你想利用"调整图层"添加滤镜效果，可以通过使用图层蒙板将滤镜效果只添加到所选区域。要做到这一点，先从工具箱里那些工具中选择一个（例如椭圆选框工具、套索工具、魔术棒工具等等），并用鼠标选取一个你想应用滤镜效果的区域，该区域会被一条虚线界定。然后选择"图层"下拉菜单，选择"新调整图层"，再选择"照片滤镜"选项。一旦滤镜名单显示出来，你就可以为你选定的区域挑一个滤镜了。

我发现对于小调整，最快、最有效的办法是用色相/饱和度调整控制器。

对于每个户外/自然摄影师来说，如果说有什么是永恒的，那就是不断变化的光线与天气。在享受了大半天的蓝天和阳光之后，我看到一场猛烈的风暴正在逼近。太阳不久就要落山，我所期待的低角度暖色光不见了（左图）。因此，我通过Photoshop添加了由于风暴而未能拍到的颜色和色调。用"可选颜色"工具与"色相/饱和度控制器"相结合，获得了一张看起来如果当时没有风暴坏事，就接近于自然母亲一手创造的景象的照片。

【200～400毫米镜头，设定在300毫米，光圈f/22，快门1/90秒】

黑白、深褐或钢蓝

有时候，不把照片从电脑上打开，就不会发现某张照片如果用黑白颜色可能更好看些。在Photoshop里面，这也不是问题。尽管有很多复杂的Photoshop技巧可以用（你可以购买一本详解各种技巧的Photoshop书籍），但我只需调用"图像"下拉菜单里"调整"选项内的"去色"命令，彩色照片就变成了黑白照片。

三年来我让许多学生在电脑里建一个带有20或30张彩色照片的文件夹，然后为了好玩，把每张照片用Photoshop打开，应用"去色"命令，看看他们会怎么想。这是又一个例子，表明

Photoshop可以用一种很好的方式帮助拯救一些可能很乏味的彩照，以黑白照片的方式表现它们，使之成为真正的赢家。

如果你不想看黑白照片，而是想看一种老式深褐色或钢蓝色照片，你也可以通过Photoshop做到。在去色之后，应用"色彩平衡"命令（也在"图像"下拉菜单中的"调整"项下），并将青色/红色滑动块向右拉到底，将黄/蓝滑动块向左拉到底，就这样，得到了一张深褐色照片。或者，将青/红滑动块向左拉到底，黄/蓝滑动块向右拉到底，你就得到一张钢蓝色照片。是不是很有意思？

原来的颜色

这张照片的原始版本是彩色幻灯片，是我几年前在乌克兰执行拍摄任务的时候拍的。在用我的尼康Cool Scan 4000扫描仪将它扫进电脑之后，我马上就想看看它的深褐色版本是什么样子。你可以看到，它有一种回到了另一个时代的感觉。（我还把它变成了黑白照片和钢蓝色照片。）此外，我还拷贝了一个副本，在上面应用了高斯模糊滤镜，并将两张照片融合在一起，这让照片有一种微妙的发光感。

黑白

蓝色

黄色

彩色、黑白或二者兼有

有时候你照了张照片，你决定不了它用彩色好，还是黑白好。与其各拍一张，不如想一下另一种办法：也许既是黑白又是彩色的照片更好！在Photoshop里，你可以得到两种照片的优点。

想把彩照与黑白照片结合在一起的时候，选一张你拿不准的彩照。下一步，选择你想让照片的哪一部分变成黑白。现在你需要决定把你选定的区域保持彩色还是变成黑白，选择哪一个都好像不那么困难。在实际选择区域的时候，你可以从工具箱里的几个工具之间选一个：磁性套索工具、魔术棒工具（适合于颜色基本相同的区域）、钢笔工具（适合于复杂图形）、快速蒙板模式、画笔工具，或者如果你用的是Photoshop Elements，就是选择画笔工具。

如果使用磁性套索工具，就要非常小心地在你想保留彩色的区域周围画一条线。或者，如果你想保留为彩色的区域形状相对统一，你还可以试试魔术棒工具，它的效果跟磁性套索工具相同，但只需点一下鼠标；不过还要再说一遍，区域的色调、颜色和对比度必须统一，否则魔术棒不会覆盖整个区域。无论你用什么工具，在用它选择了这个区域之后，你就会看到环绕这一区域的那些"行军的蚂蚁"（像一条由点组成的线）。

这时候，你要告诉Photoshop羽化你的选区，这样就把边缘区域变柔和了，让选区与未选区域之间的过渡更自然。在"选择"下拉菜单里找到"羽化"，羽化半径选择5像素左右。

如果想把你在照片上的选区保留为彩色区域，再进入"选择"菜单并选择"反选"。这样会把其他区域都选定，除了已被行军的蚂蚁包围的区域。再进入"图像"下拉菜单，选择"调整"选项，再向下找到"去色"，你就得到了一张既有彩色图像又有黑白图像的照片！

去年从拱门国家公园开车经过的时候，我从路上看到了这个孤独的登山者。我把车停下来，立即准备好相机和三脚架。我喜欢这个孤独的登山者给他周围这个悬崖正面带来的那种比例感，但由于没有光（整个悬崖正面都在阴影里，因为太阳在左侧并位于某个更大的悬崖后面），因此照片不是那么吸引人。当我把照片在电脑里打开的时候，我用磁性套索工具，沿着登山者"画"了一圈。然后从"选择"下拉菜单里选择"反选"，这就能让我为整幅图片去色了，把除了彩色登山者之外的其他地方都变成了黑白。最后，我又调出色彩平衡（它在图像下拉菜单中"调整"项下），用滑块选择100%青色和100%蓝色，从右页的图中可以看到，有点枯燥的悬崖现在变成了冷调的钢蓝色。蓝色与服装亮丽而又个头很小的登山者并列，形成了引人注目的比例与花纹。

80～400毫米镜头，光圈f/8，快门1/320秒

用磁性套索工具画出形状

用"去色"把背景变成黑白

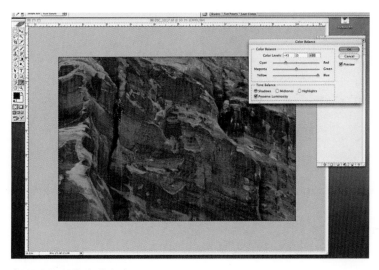

色彩平衡调整背景颜色

数码三明治

如果你非常渴望感受一些Photoshop的乐趣，你就会喜欢那种被我称为"数码三明治"的东西。就像这个名字所称的那样，你要以几张照片开始（就像"两片面包"），但结束时你要把它们放平并把一张摞在另一张上面，看上去就像是一个"三明治"。你可以用一张照片与经过改造的同一张照片相叠加，也可以用两张或多张不同的照片叠加在一起。这一简单的技巧会让你在未来的几个月里，如果不是几年，都沉浸在制作数码三明治的乐趣之中。随便拿一些你的照片，看看一张普通的照片如何变成一张真正让人叫绝的照片，你自己都会感到惊奇。

原照片

经过高斯模糊的照片

当上面两张照片叠加在一起之后，照片成了发光的天国之景

单张照片三明治：高斯模糊

如果我把数码三明治技巧应用到单张照片上，我就用高斯模糊这一功能。在Photoshop CS中打开照片之后的第一件事，就是从"图像"下拉菜单中选择"复制"命令。就这样，我就有了并排着的两张一模一样的照片。从工具箱的选框工具中选择矩形选框工具，用它选取整个被复制的图像（第二张照片的整个外缘都出现了"行军的蚂蚁"）。下一步，我调用"高斯模糊"命令（在"滤镜"下拉菜单中），并把半径设为50像素。模糊效果产生以后，再把整张模糊照片用矩

形选框工具选定，进入"编辑"下拉菜单，点击"拷贝"。然后点击原始照片（将其激活），再返回到"编辑"下拉菜单，点击"粘贴"。模糊照片现在盖住了原始照片，也就是那张清晰的照片。接着进入"图层"下拉菜单，找到"图层样式"，并选择"混合选项"。在"混合模式"下拉菜单里，选择"正片叠底"，嘿！三明治做好了。最后，我再到"图层"下拉菜单里，向下找到并点击"拼合图层"。这两张照片现在正式合二为一了，我可以自由地进行任何我认为必需的亮度/对比度调整了。

尽管花朵是最适合应用高斯模糊三明治技巧的对象，但如果你愿意对任何景物都运用它，你会有很多新发现。法国博若莱地区的一幅漂亮的风景照，经过用它自己的模糊照片进行三明治处理之后，变成了一张梦境般的照片。

【80～400毫米镜头，光圈f/16，快门1/160秒】

多张照片三明治：不用模糊

这种三明治技巧要求仔细选择两张或多张完全不同的照片，当它们叠加在一起的时候，会产生一张美妙的新照片。你按照单张照片三明治的基本步骤进行，只是不运用高斯模糊，并要试用其他混合模式，包括叠加、滤色以及正片叠底。

在你的三明治越做越好的时候，你会发现自己在外出摄影时会更注意什么被摄对象在进行叠加时效果好一些。我一直在关注飘着朵朵白云的蓝天，以及日落、日出和月亮等动人的景色，我以后可以把它们作为数码三明治的一部分。多年来，包括以前用胶卷相机以及现在用数码相机，我已经积累了数量巨大的此类素材。我把它们放在我桌面上的一个文件夹里，拿来与其他照片叠加。这些素材就其本身来说，未能达到一定级别。尽管进行照片叠加有很多理由，我进行照片叠加的主要动力却是纠正"光线不好"的照片。

你把一张在美国俄勒冈州正午拍摄的曝光过度的拍岸浪照片，与一张在德国巴伐利亚州拍摄的上下颠倒的日落照片叠加在一起的时候，会得到什么效果呢？我按照制作单张照片三明治的基本原则，创作了一个漂亮的海边风景。它太逼真了，几乎骗过了所有看过它的人。我用80～400毫米镜头和三脚架拍摄了上面的原始海岸照片，并故意曝光过度，我的想法是把它与我的许多日落/日出照片（右上图）合并。我还调整了它的色彩（右图），结果就在下一页上。

这一简单的技巧会让你在未来的几个月里，如果不是几年，都沉浸在制作数码三明治的乐趣之中。

创建你的叠加素材库

如果你和我一样最近才改用数码摄影，那么毫无疑问你手头上有大量的幻灯片或底片。为什么不坐下来花点时间看看，里面有什么样的宝贝等着你挖来做数码三明治呢？

要获得最高质量的扫描效果，最好采用高分辨率幻灯扫描仪来扫描35毫米幻灯片或底片，其标准是4000dpi，文件大小为50M。这种质量的扫描照片可以很容易地冲印成11英寸×17英寸（27.94厘米×43.18厘米）的高质量彩色照片，也可以作为商业素材照片。如果你有很多幻灯片要扫描，买一台高质量胶卷扫描仪很划得来。不过，现在也有一些新型平板扫描仪，它们用于扫描幻灯片和底片还算凑合，但别指望这种扫描仪在扫描35毫米幻灯片和底片时会做得很出色。

还要记住，你的叠加素材库不应只局限于幻灯片和底片，没有什么能阻止你把数码照片与胶卷照片叠加在一起。一旦扫描进电脑，数码照片就是数码照片——不管你是用数码相机还是用扫描仪把它弄进电脑的。

不过，重要的是，你要进行叠加的两张或多张照片的大小要一致，否则它们就不能正确地排列在一起。而且在与用数码相机拍摄的照片进行叠加前，常常需要对扫描的幻灯片或底片用噪点消除软件进行噪点消除。扫描的幻灯片或底片在扫描过程中会产生噪点，特别是在很高的分辨率条件下扫描时，例如用尼康Cool Scan在4000dpi时，或者用美能达幻灯片扫描仪在5000dpi扫描时。这两款扫描仪都有一个自动消痕功能，我强烈建议你把这一功能打开。虽然这样扫描时间更长些，但它却使扫描出的照片更干净。如果你想获得最高质量的扫描效果而又不想破费太多，就到www.hamrick.com网站上从网友那里查找可下载的软件吧。他们甚至还有能把幻灯片扫描成raw格式文件的软件！

从7岁起，我就一直在想拍这样一张照片，上面一群牛仔骑着马从草原上奔向远方，在月光下扬起阵阵灰尘。像你在《孤胆骑警》里面看的那样，满月下的夜骑总让我感觉很舒服。直至12年以后，我哥哥比尔把一架相机塞到我手里后不久我才知道，好莱坞把骑警和Tonto拍得看起来像是在满月的夜里骑马，其实只是在中午刺眼的阳光下以严重曝光不足的方式拍摄的黑白影片。好了，幸亏有了神奇的Photoshop，我现在也能制造夜骑的景色了。而且，我的照片里还加上了满月！

一个下午在俄勒冈州东部有点刺眼的逆光下，当拍完这三个真正的牛仔之后，我马上就知道它可以用于制作很棒的数码三明治。我把装有200～400毫米镜头的相机固定在三脚架上，把光圈设为f/11，利用相机的光圈优先模式，我拍摄了一张有点曝光不足的照片。只是几个月前，当我构思这本书的时候，我才最终加上一个月亮。公平地说，我觉得它看上去很逼真。

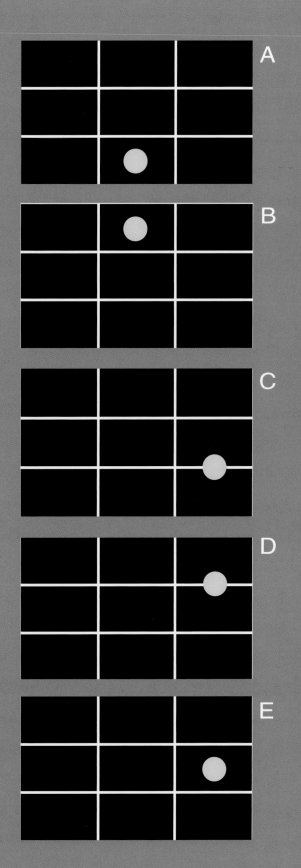

学生们经常问我，当我看到我喜欢的日出、日落、月亮升起的时候，我能拍出多少种变化，让他们吃惊的是，我只拍三种变化。以三分律网格为指导，我构思了三种画面：一种是把月亮或太阳放在中间一列下面一格（A），或者中间一列的上面一格（B）；一种是把月亮／太阳放在右侧一列的下三分线（C）或上三分线（D）上；第三种是把月亮／太阳放在右侧一列中间一格内（E）。

我还要说幸亏有了Photoshop CS，在制作数码三明治时，我可以翻转、旋转这些构图，让它们适合我用于制作数码三明治的任何照片，而不用再拍摄月亮或太阳在照片上其他位置上的照片。如果有人投诉，怀疑经过翻转或者改变了位置的月亮不真实，我会跟天文学家们打交道的。但我确信把这种照片作为叠加照片的一部分使用的时候，我们多数人不会知道月亮是否上下或是前后颠倒了。

还有，我喜欢在月亮真正变圆的前一天拍摄"满月"，因为它仍处于地平线上方并有着黄色的外观，这与微暗的蓝天形成漂亮的对比。注意，微暗的蓝天上黄色的月亮在数码叠加照片里看上去比黑色天空上的月亮更真实。（注：拍摄满月的曝光值是：光圈f/8，快门速度1/250秒，ISO 125。）

如果由于月亮高度不够，你无法拍摄微暗的蓝天上的几乎变圆的月亮，你可以等几个小时直到月亮升得更高再拍摄。天空将是黑色的，但你可以得到一个没有障碍的景色。拍摄时，你只需拍一种构图，但要用不同的焦距拍摄。在制作数码三明治或合成图片（详见144页）之前，你很可能会把所有黑色的天空变成白色（即透明），否则黑色会把与月亮叠加的照片全部遮住。一旦你把月亮分离出来之后，你也可以用移动工具只移动月亮，把它放在你认为合适的任何地方。这样，前面所讲过的所有步骤都不需要了。不过，要你用不同的焦距拍摄成多个版本，是让你能从里面选择不同尺寸的月亮。

合成照片

合成照片比数码三明治稍微复杂点，但很多原则是一样的。二者的主要区别在于合成照片通常要求你在把两张（或多张）照片进行有效融合之前，先把原图上的某个东西"抹掉"（或变白）。照片上被你变白的地方，实际上是变成透明的了，这样当你把第一张照片与第二张照片叠加在一起的时候，第二张照片就会从变白/透明的地方显现出来。

你可以通过几种办法让第二张照片显现出来。例如，你可以用编辑下拉菜单里的"粘贴"命令，或者你可以用"图层"下拉菜单里"图层样式"项下的"混合选项"达到目的。

变白的技巧

前面简单地提到过，在利用带有黑色区域的照片制作数码三明治（或合成照片）时，你会想把这些黑色区域变白。照片中任何被变白的区域，基本上都是透明的，并允许其他照片的某些部分显露出来。

因此，在准备与一张日落的照片进行叠加时，如何把月亮周围的黑色天空变白？你可以利用选框工具。制作时选择椭圆选框工具，用鼠标拖出一圈围绕月亮的"行军蚂蚁"。用方向键可以把这个圆圈轻轻地移动到任何位置。然后点击"选择"下拉菜单，选择"反选"。这样就会选定整个背景（除月亮之外的所有事物）。你只需从调色板上选择白色，单击"颜料桶"把整个黑色区域涂成白色（如果必要，你也可以用画笔工具进行润色，让白色覆盖所有黑色）。

现在，在继续下一步之前，点开"选择"下拉菜单，单击"反选"，让"行军的蚂蚁"只围绕着月亮转。再打开"选择"下拉菜单，单击"羽化"，将羽化半径设为10个像素，单击"确定"。羽化软化了将天空变白时造成的月亮的硬边。现在照片已经可以制作数码三明治了。

可能你已经发现自己带着相机在外面转来转去，对你面前戏剧性的天空非常熟悉，但却找不到一个吸引人的风景与之相匹配。好像经常是这样，我看到某些难以置信的天空，下面却是平淡无奇的景致。或者，我看到了引人注目的风景，上面却是暗灰色的天空或仅仅是过于"完美"的蓝天。

有了Photoshop，你不再需要靠运气就能同时看到引人注目的天空和风景。这就需要用到合成。但首先，你手头必须有一张漂亮的天空照片和一张漂亮的风景照。所以这里要先学一课：无论你只看到了一个漂亮的天空，还是只看到了一个漂亮的风景，都要把它们拍下来，因为不知道什么时候，你会想到把它们合成为一张照片。

例如这一张合成照片，我在德国巴伐利亚山区用广角镜头拍摄了这座谷仓，周围开满了黄色蒲公英，但天空没有吸引人之处。我觉得它正是那一类照片，可以与我的一张更加动人的广角天空照片完美结合。为了做到这一点，我首先在Photoshop里打开那张谷仓的照片，并很快把暗淡的天空全部涂成了白色。然后我决定把蒲公英变成"红色的罂粟花"。由于这些花在照片中是距离很远的元素，我可以通过一个开关做到。于是我打开"图像"下拉菜单中调整项下的"色相/饱和度"，在"编辑"栏内选择黄色，并把"色调"滑块向左移动直至花朵变成红色。

接着，我打开漂亮的天空照片，按下"Ctrl+A"让"行军的蚂蚁"选定整张照片，从"编辑"菜单里选择"拷贝"命令。返回谷仓的照片，选择选取框工具，在白色的天空区域点击将其选定，使之被"行军的蚂蚁"包围。然后从"编辑"下拉菜单里选择"粘贴"命令，瞧！所有白色的天空都被更生动的天空取代了。结束之前，我用"移动"工具把新天空稍微移动了一点，让图片看上去尽可能地真实。一旦我觉得满意了，我就从"图层"下拉菜单里选择"拼合图层"。

白色背景的谷仓

天空原照片

最后合成的照片

把Photoshop用做中灰渐变镜

中灰渐变镜（GND）可以挡住照到画面某个部分的光线，已经被摄影师们应用了十多年。尽管Photoshop已经问世将近十年，但直到不久前很多人才想到用它来模拟中灰渐变镜的效果。它让人想到，是否还有什么明显的Photoshop工具我们仍然视而不见呢？

现在你已经知道，我坚决提倡在相机内就把照片拍好，节省下在Photoshop上的时间用于在相机内无法完成的更有创造性的工作——例如打印彩色照片。然而，有很多时候，你出门没有带上GND滤镜；或者你看到的场景中地平线犬牙交错

（例如山峰），而你的滤镜上的"直线"不可能遮住所有的强背光；或者你使用了GND滤镜就会挡住从地平线上伸出来的景物的曝光。

在这些情况下，解决之道如此简单，我仍然很诧异为什么这种办法现在才让摄影师们掌握！Photoshop从20世纪90年代初就问世了！

要应用Photoshop的GND滤镜功能，先设想你正在野外旅行。你看到了一个背光的叙事性构图，因此你把光圈设为f/16或f/22。对着被旭日（如果你不是个早起的人，就是落日）照亮的天空取个测光读数：调整快门速度直至相机测光表

为田地曝光

为天空曝光

第一张照片（上图），我为前景中的草莓田设置了正确的曝光，这样做让黎明前的天空明显地"曝光过度"了。哎呀，天空基本成了白色的了。（如果这是一张彩色幻灯片，这一区域就会显得几乎毫无颜色，胶片上成了透明的。）在第二张照片（右上图）中，我为天空设置了正确曝光，这样做让前景曝光严重不足，几乎成了黑色。然后我把第二张照片中曝光不足的前景"涂"成了白色，把前景有效地变成了透明的（右图），并把它与第一张照片（前景曝光正确的那张）相叠加，结果就是整张照片都曝光正确，就像我在镜头上安装了一个GND滤镜一样。（右页图）

【左上图：17~55毫米镜头，设定在28毫米，光圈f/22，快门2秒；右上图：17~55毫米镜头，设定在28毫米，光圈f/22，快门1/8秒】

田地被变成白色的天空照

指示曝光正确，把这个曝光值记录下来。下一步，用同一光圈对着天空下的风景取一个测光读数，也调整快门速度至相机测光表指示曝光正确，把这个曝光值也记下来。然后，如果你没这样做过，那就把相机和镜头固定在三脚架上并构图。这时必须使用三脚架，没有三脚架，在同一角度拍摄的照片放在Photoshop里就不能完全吻合。不管你认为自己摄影时有多稳固，如果你想让这一功能发挥作用，就绝对需要用三脚架。

现在你已经准备好只拍摄天空的照片了。使用你记下的第一组曝光值，我把这张照片称为

背光（逆光）照。（注意：这一过程是又一例证，说明知道如何使用相机的手动模式是何等重要。）然后，按照你为风景记下的第二组曝光设置拍摄第二张照片。我把这张照片称为风景照。第一部分完成。一旦回到家，把两张照片都下载到电脑里，并用Photoshop把它们都打开，并以我在这里的做法为例去做。基本上，你必须把两张照片里曝光正确的部分放在一起形成最终的合成照片（就像一个GND滤镜能把一张棘手的照片拍好一样）。

最终照片

Photoshop中的多次曝光

在尼康公司公布的专业数码相机D2X的许多新变化中（这些变化中不包括像素从575万一跃达到1240万），我马上就喜欢上了它的多次曝光功能。D2X的出现无疑会推动其他数码单反相机生产厂商也把多次曝光功能包括在他们的新机型中。不过，如果你现有的相机没有这一功能——而且你等不及，你可以马上在Photoshop里制作同样的效果。虽然这一过程大约只需要20分钟，但用尼康D2X相机拍摄却用不了1分钟。而且，还有一些方法也能做到这一点。

首先是出去找一个合适的拍摄对象——最好是某种能填满画面、只露一点蓝天的风景。对你的场景拍摄8张照片，每张照片在构图上都在上下或左右方向有细微的差别。拍摄完8张照片之后，在Photoshop中用每张照片做成一个图层，并把每张照片的透明度设置为12.5%（12.5%×8=100%）。所有图层做完之后，从"图层"下拉菜单里选择"拼合图层"命令，你就有了一张经过多次曝光的照片。

你的另外一个选择是用一个曝光值拍摄8张照片，好像你的相机具备多次曝光功能。这是一种简单的数学计算，是这么算的：先把光圈设定为f/16，然后调整快门速度直至相机显示曝光正确。比方说在光圈为f/16时，某张照片

正确的曝光值是1/60秒。如果你想用两张照片叠加起来，那就在拍摄这两张照片时用1/125秒（1/125+1/125=2/125，或1/60）的曝光。按照这种算法，如果你要用4张照片叠加，每张照片的快门速度就要用1/250秒，你要用8张照片叠加，每张照片的快门速度就要用1/500秒。因此你要用的组合是：你的8张照片都要用f/16光圈加1/500秒的快门速度。而且你的每张照片在拍摄时在角度上，上下和左右方向都要有所不同。或者，你也可以在拍摄每张照片时用不同的焦距，也就是说每拍一张都改变一下相机的焦距。（要记住，用f/16光圈和1/500秒曝光值拍摄的每张照片都相当黑，因此在你把照片下载到电脑里的时候不要感到吃惊。而且还要事先警告一声，一些数码相机在曝光不足的时候拍出的照片有很多噪点。）

回到电脑前之后，打开所有8张照片，把其中一张作为背景图层。然后按住上挡键（shift），把其他所有照片都拖到这张背景照片上。七个新图层就自动放在了背景图层上，把每个图层的混合模式再设为滤色（在"图层"下拉菜单上或图层面板上找到"图层样式"→混合选项→混合模式→滤色），再选择"拼合图层"（还是在"图层"下拉菜单内）。在打印照片前你就可以随心所欲地调整色彩和对比度了。

手持安装了17~55毫米镜头的相机，在邻居家的牵牛花圃里只能拍摄出一张非常普通的照片。但一次拍8张，每张都用不同的焦距，然后在Photoshop里把它们结合在一起，就形成了一张更有趣的照片。我听说有一些摄影师以制作这种"纯艺术"照片为业。

纠正梯形失真

梯形失真是用来描述照片中建筑类对象的线条聚合而产生的"比萨斜塔"效果。这在用广角镜头拍摄城市风景时十分常见。在不能购买2000美元的透视控制镜头的情况下，确实也没有什么办法能避免产生这种稍微变形的聚合线条。但是，Photoshop常常可以为你把这些建筑的线条拉直，几秒钟内就能纠正这种透视问题。

在Photoshop中打开照片，从工具箱里选择"裁剪工具"，将光标从左上角拖到右下角然后松开，就会看到整个照片周围都有"行军的蚂蚁"。找到屏幕上方的第二行菜单栏，在"透视"旁边的方框里打个钩。现在，用光标拖住左上角的"蚂蚁"往画面内部拖动，让这条虚线与画面内倾斜的建筑平行。在画面右侧也这么做。然后，在画面上小圆圈左侧或右侧双击，Photoshop就把图像上的斜线调整成了真正的垂线，就像人眼看到的那种真实场景。

"行军的蚂蚁"界线被向里拖动，与倾斜的楼平行

法国里昂的灯节每年从12月8日开始，持续4天。每个纪念碑、教堂和大小雕塑都被激光表演照亮，圣内齐尔教堂也不例外。激光表演傍晚准时开始，那么多的历史遗迹立刻被照亮。在微暗的天空变黑之前，很难拍到几个这样的表演。由于街道上挤满了摄影师，业余的、专业的都有，就连拍摄一个清晰的图像都很困难。因此最好是在激光表演前45分钟就出门，早早地提出自己的要求——当然，手里要拿上三脚架！

【12～24毫米镜头，设定在20毫米，光圈f/16，曝光时间8秒】

全景摄影

确切地说，什么是全景照片？它是从左至右的合成照片——大大超过了最大的广角镜头的范围——还没有任何变形的迹象。谁不喜欢一张漂亮的全景风景照呢？我还没有遇到哪个人不喜欢的。柯达和富士公司也想到了这一点，因此几年前它们推出了一次性全景照相机。尽管这些相机并非真正的全景相机，但它们能产生一种看上去像全景的照片格式，让我们相信这就是全景照片。实际上，这些一次性全景相机只不过是适当安装了一个广角镜头，以及一个能把普通35毫米胶卷裁剪成全景格式的曝光窗，把35毫米底片的上面和下面裁掉了大约1/4。但不管怎样，我很喜欢这种相机，并在几年前的几次家庭外出时带了几个。我实在是无法抗拒那些长长的大尺寸彩色照片的样子。

但说实话，要切实出去拍摄真正的全景照片，你需要使用真正的全景相机——当然，真正的全景相机可不便宜。我有一架富士6×17全景相机和一架哈苏6×12相机，每架都价值几千美元，它们的拍摄效果从来都没让人失望过。不过对我们大多数人来说，它的费用高得离谱。直到不久前，如果你想拍摄一张不变形而且一览无余的风景照，你只能购买一架全景相机。但现在，具有制作全景照片能力的Photoshop又来解围了——不必使用全景相机本身。这是一个叫做"照片缝合"的技巧。（顺便说一声，Photoshop在照片缝合市场上并未占一席之地，市场上有很多其他的照片缝合软件。但由于我的Photoshop CS已经具备了照片缝合功能，我也没有理由再买其他程序了。）

尽管全景照片与宽广、大弧度的视角有关，但不要把自己局限于只用广角镜头拍摄。你可以很容易地使用普通镜头或适当的长焦镜头——只不过你必须多拍几张。让我来解释一下照片缝合的过程。

要缝合一张全景照片，第一条规则是你绝对需要三脚架。听起来跟这一规则同样重要的是，你还需要选择一个值得拍摄全景的拍摄对象（尽管全景照片经常会引起强烈的反响，但并非任何景色都值得拍摄全景）。当你环顾你面前的场景

在拍摄山脉时，用全景模式拍摄是符合逻辑的选择，因为这些山脉似乎无限延伸。这张照片（在法国科尔登镇上方的一片田里拍摄）是一张真正的全景照片，是我用富士Velvia6×17（120毫米胶卷ISO 50）和105毫米镜头利用三脚架拍摄的。我使用了一个经典的叙事性光圈，把焦点放在了5英尺（1.52米）处。

【105毫米镜头，光圈f/32，快门1/30秒】

我用Photoshop的图像合成功能把3张关于圣地亚哥的照片合成了这张全景照。我对微暗的天空进行测光，然后重新构图并从右至左拍摄了3张照片，确保第二张和第三张照片分别包括了前面一张照片的1/3。在把照片进行合成并最终缝合成一张全景照片前，我确实对照片进行了一些微调（用色阶、色相/饱和度和虚光蒙板）。与使用富士6×17拍照时的半秒相比，尽管等待时间有点长（从开始到结束大约5分钟），我还是不禁笑了，因为知道自己没有花2000多美元去买它。

【17～55毫米镜头，设定在45毫米，光圈f/11，快门1/2秒】

进 行全景照片缝合的第一条规则是绝对需要一个三脚架。

时，确定你的构图从哪里开始，到哪里结束——不是从前到后（就像我们平时考虑问题那样），而是从一侧到另一侧。然后，不要拧紧三脚架上的水平轴，你必须能左右自由转动相机。

第二条规则是，相机必须尽可能地水平。如果你真的想确保相机水平，可以购买能插在相机热靴上的水平仪，并先把相机对着你要拍摄的整个场景转一圈，试验一下水平情况如何，先不真正拍摄。如果用手动曝光模式为每张你想用于缝合的照片设定曝光值，也会很有好处。最后，在整个拍摄过程中最好使用相同的白平衡设置（因此，如果你一直在为按照我的建议把白平衡设置并固定为阴天寻找理由，这就是一个理由）。

一旦上述工作完成，从构图的最左边或最右边开始拍摄第一张照片。然后转动相机，让第二张照片的构图包含第一张照片内容的50%，新内容占50%。重复这一过程直至到达全景照片构图的另一端。

在制作全景图时，在Photoshop里把所有照片都打开，再打开"调整"菜单下的"色阶"命令。如果必要，为每张照片都调整一下色阶，使它们的色彩值相似，但不要改变白平衡、色相、饱和度、清晰度，也不要裁切。要么把这些照片都存到桌面上，要么放在一个文件夹里。从"文件"下的菜单里选择"自动"，并点击"图像合成"。在打开的窗口里，说明要用哪张照片或哪个文件夹，单击"确定"，几秒钟后，图像合成功能就把这些照片"缝合"在了一起，成为一张全景照片。这个时候，你就可以调整颜色、对比度和进行剪裁了。

———

我 最小的女儿索菲喜欢在镜头前摆姿势，不像她妈妈和姐姐那样经常"害怕摆姿"。她也喜欢"表演"，所以当我要求她参与拍摄这张全景照片的时候也就不是什么难事了。如果你认为Photoshop全景照是展开的电影，那么这种照片就真正具有无限创意了。你可以按照情节的发展，用每幅照片表现情节的一个部分，然后把它们缝合在一起制作成一个连贯的全景故事。

例如，一种可能性可以是，让被摄对象的服装从一张照片到另一张照片都不同，而在整个过程中背景保持不变。另一个真正冒险的主意（当然还得有合适的模特）可以是，从模特完全着装开始拍，衣服越来越少，最后成为裸体。

以索菲为例，她想以不同的表情为乐，我们就这样进行了构思。

【17～55毫米镜头，设定在22毫米，快门1/60秒】

图像合成在"文件"下拉菜单的"自动"项下

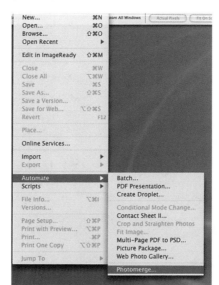

指出要使用的图像或文件夹

图像合成就把它们"缝合"在了一起

小贴士

避免用侧面光对象进行照片缝合

在 用Photoshop缝合成一张全景照片时，必须力图避免拍摄侧面光场景，因为这种场景多数需要使用偏振滤光镜。在你移动相机拍摄每张照片的时候，天空中的偏振光效果可能会变强或变弱，在全景照片上就会形成一个明显的缺陷。在试验图像缝合功能时，起码在开始的时候，只拍摄正面光照片，这样在开始的几次合成中信心才不至于崩溃。当你对制作全景照片的过程更熟悉之后，你就可以尝试更具挑战性的被摄对象和光线条件了：以背面光条件下有落日的天空为背景，地平线上一棵孤独的树。

裁剪与调整尺寸

拍摄创意性照片时，在考虑很久并尝试了很多技术性技巧之后，才意识到你的距离还是不够近，没能把画面填满，或者你没看到这是个明显的垂直构图，或者你没注意到地平线是弯的，没有比这种事再令人沮丧的了。当发现你可以用包括Photoshop在内的多种软件对照片进行裁剪时，这就不再是问题了。在Photoshop里，只需运用裁剪工具，就可以裁掉照片左侧或右侧的分散人的注意力的画面，或者你可以裁剪得更紧凑，把它制作成你想要的垂直构图，或者你也可以把地平线拉直。

不过，可以用软件随意裁剪无疑也部分地与许多摄影师懒得在相机内进行有效构图的态度有关。这些摄影师想着，不管怎样，我会以后在电脑里对它进行裁剪。

还有另一个不利方面。不论你对电脑屏幕上的裁剪结果感到多激动，裁剪任何照片都是有代价的：噪点更多，清晰度降低。当你裁掉的部分超过20%的时候，这种代价就会变得更明显。

假设原始照片是用一架600万像素的相机拍摄的，无论是raw，TIFF或是JPEG FINE格式，这张照片的输出尺寸都会在2048ppi×3000ppi（每英寸像素数），或者用一个更为人熟悉的术语，打印尺寸为6.8英寸×10.2英寸（17.27厘米×25.45厘米）。当你裁掉照片的10%~20%之后，你实际上裁掉了10%~20%的像素。假如你还想打印一张8英寸×10英寸（20.32厘米×25.40厘米）的照片，你现在就是让少得多的像素覆盖跟以前相

这是一张母女们在冬季滑雪假期的典型照片（左图）。如果你像其他摄影者那样，不太注意看你的取景器，你会发现这张照片很熟悉。有两个主要的问题：主体太远和整体画面扭曲。如果你等着到Photoshop里去修改，你可能会很失望。在裁剪以纠正太远和扭曲的问题之后，你就不能打印超过5英寸×7英寸（12.70厘米×17.78厘米）的照片，因为你已经裁剪掉了太多像素。这就是为什么在你按下快门之前，你要慢一点并仔细看看取景器里内容的原因。问问自己（取景器里）要拍摄的内容是否是平直的，是否在当前所采用的构图模式下你已经离主体尽可能的近了。如果你在拍完后检查机背的液晶显示屏时感觉仍不满意，就再拍一张。这无需花费任何金钱，"胶卷"是免费的，记得吗？

为上网做准备

在谈到为万维网准备照片的时候，有一条规则或标准：网上的大多数照片用的都是JPEG格式。既然你已确信拍摄任何照片都应该用raw格式，你可能不知道如何用这些raw格式的照片做成JPEG格式的照片，然后把它发给朋友或发到一个家庭或专业的网站上。实际上非常容易——如果在Photoshop里设置"动作"，就更容易了。

要制作一张JPEG格式的照片，只要在Photoshop里把照片打开，在"图像"下拉菜单里点击"图像大小"，将"分辨率"设为72，在"像素大小"一栏你会看到"宽度"和"高度"。如果这是一张水平照片，在宽度一栏填上700。如果是垂直照片，就在高度一栏填700。而且，要确保在这一窗口底部的三个方格——缩放样式、约束比例和重定图像像素——都打了钩。（由于Photoshop默认这些方格都是打好了钩的，它们应该是钩好了的。但可能孩子们会在你外出的时候溜到电脑跟前，并且……）现在单击"确定"，回到"文件"下拉菜单，选择"存储为"。在新出现的对话框里，单击"格式"。选择JPEG，单击"保存"，在随后打开的"JPEG选项"对话框里，将"品质"滑块调到最大，单击"确定"。现在这张照片已经为万维网准备好了。

要把整个一批照片转换成JPEG格式，就从转换单张照片的程序里设置一个"动作"，然后你只需手工转换这批照片的第一张，其后的所有其他照片都会自动转换。如何设置"动作"呢？首先，把你想转换成网络需要的JPEG格式的所有照片都放在一个文件夹里。然后，在"窗口"下拉菜单里找到"动作"。在电脑屏幕右侧也显示了"动作"窗口，在这个小窗口底部单击那个像折了一个角的纸的图标（创建新动作按钮）。一个新动作窗口打开并提示你为动作命名，在"名字"一栏输入名字（例如"网络用照片"）并单击"记录"按钮（底下那个唯一的圆按钮）。

现在，打开存放所有你要转换成JPEG格式照片的文件夹。一旦照片都被打开，你必须用前面提到的转换单张照片的程序手动转换其中的第一张。在你转换的时候，"动作"窗口记录下了每个步骤。当第一张照片转换完成之后，单击"停止记录"按钮（最左边的方形按钮）。现在你已经做好了自动转换那个文件夹内其他照片的准备。只要单击"播放选区"按钮（就是"开始记录"按钮旁边侧向一边的三角形按钮）。按下之后，文件夹里的每张图片都被自动转换成了与第一张照片相同的规格，即便你所转换照片的构图有水平的，也有垂直的，软件会自动将700dpi的尺寸加在照片的长边上（较长的一边），而无论它是水平还是垂直。很酷吧，是不是？

"动作"功能还储存了你创造的"动作"，因此当你还有新文件夹的照片要转换成网络用的JPEG照片时，你可以到"动作"窗口里找到前一个动作（我们的例子是"网络用照片"）。你只需单击它，自动处理过程就又进行了一遍。没有比这更容易的了！

同的8英寸×10英寸（20.32厘米×25.40厘米）的区域。你在要求像素家庭进行不合理的拉伸。但下面的证据就是它们如此拉伸的结果：画面颗粒（噪点）和清晰度降低都很明显，照片看上去就有了缺陷。

小贴士　除以200

算出你的数码相机能拍摄出的最大打印尺寸（用英寸）而仍保持最高的质量，把你相机的垂直和水平像元计数（在相机的用户手册里可以找到）除以200。例如，我的尼康D2X的像元计数是4288×2848，除以200，最大打印尺寸大概是21英寸×14英寸（53.34厘米×35.56厘米）。

工作流程

那么，我们应该对这么多的数码照片做些什么呢？就我个人而言，在管理和存储照片方面，我没有严格的规则，除了这一条：对每张照片都做一个备份！在阅读约翰·欧文斯在《大众摄影》和《数码杂志》上的专栏时，我惊奇地发现，74%的数码摄影者用电脑硬盘存储他们的照片！哎呀，可能你没听说过，电脑硬盘会崩溃，尽管不经常崩溃，连MAC系统也会崩溃。硬盘崩溃的时候，通常上面的所有东西都丢失了。

我基本上是这样操作的：我现在用于处理数码照片的电脑是Mac G5、双核1.8GHz处理器、250GB内置硬盘、2GB内存，带一个LaCie 8×外接DVD刻录机、三个LaCie 400GB外接硬盘。当我外出时，我就带上我的15.2英寸（38.61厘米）苹果牌PowerBook笔记本电脑，它采用1.5GHz处理器，100GB内置硬盘，1GB内存，一个LaCie 8×外接DVD刻录机，一个LaCie 250GB外接硬盘。两台机器上都安装了Photoshop CS2。

我拍摄所有东西都用raw格式，并始终使用一张2GB或4GB的压缩闪存卡。平均起来，拍摄商业照片时我一天要拍摄8~10GB的照片。在raw格式下，那大概相当于用尼康D2X相机拍摄400~500张照片。要记住，多数商业照片一天之中要在电脑里下载好几次，因为客户要现场察看。如果某一天我严格地拍摄素材照片，要是拍摄的是产品照片（带模特的那种），我可能会拍得更多，要是"能拍什么就拍什么"，我会拍得少一些。

一旦我把压缩闪存卡通过USB读卡器连接到电脑上，我就能把所有照片复制下来，并下载到电脑桌面上的一个文件夹里。我给这个文件夹起了一个简短的名字，并一定要带上日期，例如"夏洛特造船厂NC-07-15-04"。然后我用Photoshop CS再打开这个文件夹，对照片进行更严格的删除，我把任何达不到要求的照片都送进垃圾箱，剩余的照片才是要保存的，当然，它们仍然是raw格式。然后我会为这些照片制作两套色彩联系表。多数图像处理程序都能生成联系表，而且多数软件，包括Photoshop CS在内，联系表的设计和布局都是自动的。

用Photoshop生成联系表时，在"文件"下拉菜单下找到"自动"项，然后选择"联系表Ⅱ"。在弹出的对话框里，你必须指明源图像（这样程序才知道用哪张照片）。因此，在"使用"一栏选择"文件夹"，然后点击"选择"按钮选定存放照片的文件夹（在我的这个例子中是"夏洛特造船厂NC-07-15-04"）。如果在你的照片文件夹内还有子文件夹，你也想把它包括在内，就钩选下面的"包括所有子文件夹"的方框。然后在对话框内"文档"栏内说明打印纸尺寸和打印设置。我始终应用150dpi，因为这一设置打印的照片尺寸大而且质量高，当我需要找某张照片的时候容易辨认。在"缩略图"一栏说明联系表设置，我一贯选用三列四行，在每张8英寸×12英寸（20.32厘米×30.48厘米）的联系表上显示12张照片。

一旦两套联系表做完，我就把保留照片的文件夹复制三份，并刻录成三张DVD，DVD上的标记与文件夹名字相同。我使用DVD是因为它们比CD容纳的数据多得多，是4.7GB与700MB的关系。一套联系表和一张DVD送给"客户"（真正的商业客户或我提供素材的公司）。另一张联系表和两张DVD留给我自己，我把它们存放在我的文件柜里。联系表和DVD做完之后，我就把最初的照片文件夹转移到我的两个160GB外接硬盘上。

数码照片的编号

每次你把一张压缩闪存卡放进相机并拍摄一张照片时，相机就会给这张照片分配一个文件号，例如DSC_102，DSC_103，DSC_104等等。如果你不把计数器改成连续模式，你插一次卡，就会把相同的编号记录一遍。如果你从几个文件夹里把照片编辑到一起，你就会看到下面的提示：这个文件编号已经存在，你是否希望用你正在移动的照片替换已经存在的那张？当然你不会替换，因为那就相当于删除了一张照片。

所以，如果你还没有改过来，把计数器设置为"连续"，你就不用担心那条提示再出来了，因为从此每张照片都会有其独特的文件编号了。而且，连续模式还会告诉你自从购买了相机之后你已经拍摄了多少张照片，这一信息会成为非常宝贵的依据，证明你再买一架相机或一个镜头是正确的。